新潮文庫

夫婦茶碗

町田 康著

目次

夫婦茶碗

夫婦《めおと》茶《ぢゃ》碗《わん》

1

さきほどから、ソファーに並んで腰掛けて、妻とわたしが壁に向かって、巌《いわお》のようにおし黙っているのは、なにも夫婦揃《そろ》って座禅修行をしているのではない、金が無いから黙っているのである。というのは、もしどちらかが口を切れば、当然、金のはなしになり、そうなれば左のごときの不毛な問答がなされるのが経験的に察知せらるるからである。というのは、

「おまえさん、いったいどうするつもりだい」

「どうするったってしょうがねえじゃねえか、まあ、なんとかならぁな」

「じゃあ、なんとかおしよ」

「なんとかおしよったって、おめえみてぇにそうのべつに、なんとかおしよ、なんとかおしよ、ってやられたんじゃ、まとまるかんげぇもまとまらねえじゃねえか」

「なにを言ってやがんだい、おまえさんの頭で考えたってどうなるもんかね、いい加減におしってんだよ、この西瓜野郎」

「おまえはすぐそうやって人を罵倒《ばとう》するだろう、そらぁ、罵倒してなんとかなるなら、罵倒してくださいよ。しかしね、いまは、世界の大勢と当家の現状に鑑《かんが》みですね、この

事態に立ち到った原因、経緯などを分析して、その事実に基づいてですね、非常の措置をもって時局の収拾をはからなきゃしようがねぇじゃねえですか」

「なにが原因よ、なにが経緯よ、あなたが昼間から酒ばかり飲んで働かないからこんなことになるんじゃないよ、この唐変木《とうへんぼく》或《ある》いは馬鹿《ばか》」

「あっ、また罵倒ですか。なるほど、なるほど。尾崎放哉《ほうさい》の『口あけぬ蜆《しじみ》死んでいる』ってさびしい句だね。でも、唐変木ってどんな木でしょうね。ちょっと待ってね、調べるから。ああっああ、なるほど、たいした、たまげた。間が抜けていて気が利《き》かない人〔俗〕だってよ、木じゃなくて人なんだってさ。ちゃんちゃらおかし、げほげほげほ。『咳《せき》をしてもひとり』」

なんてな具合で、つまり、かような不毛な問答を百年続けたところで、得るところは無であって、それならいっそ黙っておったほうがよい。だから黙っているというわけである。

しかし、いつまでも黙っていたところで、わたしが働かぬことを主たる理由として、家に金がないという根本の問題が解決されるわけではない。逆に言うとわたしが働きさえすれば、いくら喋《しゃべ》ってもいい、ってことになる。つまり、問題が解決するわけだな。なんだ、はは、簡単なことじゃないか。わたしは働こう。エイエイオー。

って決意してはみたものの、働く、たって、例えば、家の中を掃除する、とか、茶碗《ちゃわん》を洗う、犬小屋にペンキを塗る、植木に水をやる、なんてなことは、わたしは毎日やっているのだけれども、これ駄目なのであって、なんとなれば、そんなことをやったところで賃金を払う者がないからである。そらぁ、それ自体は立派な労働である。本来であれば賃金が派生してもおかしくない話ではあるが、現実には派生しない。なぜか。簡単な話であって、それらの労働によって、生じる価値を享受《きょうじゅ》するのは、わたし自身及び妻であって、蛸《たこ》ではないのだから、自分の足は食えぬのである。はは。ちゃんちゃらおかし。つまり、そうではなくて、例えば、赤の他人の家の茶碗、これを洗えばいいのである。そうすれば、そのことによって、茶碗を洗う手間が省けたその家の横着な主婦は、「ごくろうさま、またお願いね」なんてなことを吐《ぬ》かして、わたしに千円、ってことはないな、まあ、三千は貰《もら》える。そうなればしめたもので、わたしはもともと茶碗を洗うのは、嫌いなほうではないので、午前中だけで、まあ楽に三軒は回れるだろう。午後はちょっと頑張って、五軒も回れば、一日でなんと、二万四千円、昼飯代・煙草《たばこ》代・交通費・洗剤代・たわし代を引いたとしても、二万円は確実に残る。わたしはもともと勤勉なたちだから、週休二日なんて戯《たわ》けたことはいわぬ、休みは朔日《さくじつ》と十五日だけにして、そうすると、月に二十八日ないしは二十九日稼働《かどう》するわけだから、ええっと、ぎゃあ、五十六万円ないしは五十八万円、という驚くべき高収入になるのである。そして、そうして儲《もう》けたお金で、米や野菜を買ったり、新聞代やガス代・電気代を払ったりする。米屋は米屋で忙しいから、茶碗を洗う暇がなく、わたしに三千円払って、茶碗洗いを依頼する。そしてまたわたしが儲かる。はは。社会の輪が完成するのである。ね、これだ。つまり、今日のこの陰気な状況の根本の原因は、そういう社会の輪にわたしが参加していなかったことによるものなのである。社会参加、いや、一歩進んでわたしは社会進出を果たさなければならない。よし、茶碗ウォッシャー、これだ。ウォッシャー、ってのも勢いがあるし。わたしはウォッシャー。いいね、この語感。力があるよ。

よっしゃー、ウォッシャー、と、力んではみたものの、困ったことには、先程から腹が減っている。わたしは朝飯が食いたいんだな。いかなウォッシャーでも、腹が減ってはウォッシュできぬ。ここはなんとか、朝食の支度を妻にお願いしたいのだが、ただ朝飯を食わして下さい、では、現時点では、妻はまだ、わたしがウォッシャーとなって恐るべき高給取りになったことも知らず、無気力な遊冶郎《ゆうやろう》だと決めつけているのだから、ひたすらラディカルな発言を繰り返し、

「腹が減ったよ、なんか食わせろよ」

「なんにもないよ」

「なんかあるだろ」

「なんにもないよ」

「じゃあ買ってこいよ」

「おあしがないよ」

「ねぇわけねえだろ、先々月の晦日《みそか》に五円やったろう」

「そんなもの、とっくにあるもんかね」

「おっそろしい金づけぇの荒ぇあまだ」

「なにをいってんだね、おまえさん、ほんとうにいったいどうするつもりだい」

「うるせえっ、俺《おれ》はウォッシャーになったんだよ。刮目《かつもく》してわたしを見よ」

「なにをいってんだねぇ、このひたぁ、起きていて寝言を言ってると承知しないよ」

「あだだだ、あだだ。『漬物桶《つけものおけ》に塩ふれと母は産んだか』」

となって、さきほどの罵倒と俳句の応酬といった、まことにもってくだらぬけんか口論になって、結局、飯を食えぬということになる。発言に際しては周到な調査と細心の注意が肝要で、そこで考えるに、ただ口を切ったのでは、罵倒、俳句になるのは、先程みたとおりであるのであるから、ここは、なにか質問をしてみたらどうだろうか。質問であれば、敵はとりあえず回答をせんければならんのだから後手に回る。その虚につけこんで我が方は、たたみかけるように質問を雨霰《あめあられ》と浴びせる。つまり、敵に攻撃する間を与えぬ戦法である。たとえばこんな風に、

「今日は何日だ」

「もう二十九日だよ、どうするつもりだい、おまえさん」

って駄目だ、これは。質問を変えましょうよ、時間に関する質問は禁物である。即座にやられてしまう。だから、例えばこうだ。

「今日は天気はどうだい」

「どうだいじゃあないよ、御覧なね、こんなに陽が射《さ》してぇいるじゃあないか、いい天気にきまっているよ。それをおまえさんときたひにゃあ、こんなにいい天気だというのにうちでごろごろしているばかりで仕事もしないで、もううちには一文もおあしがないんだよ、いったい、どうするつもりなんだい、えっ、なんとかお言い」

となるわけであって、もうなにも言うことはありません、って感じだな、あはは。と笑っていてはいつまで経っても飯は食えぬ。ええい、時候の挨拶《あいさつ》もへったくれもあるかい、でたとこ勝負でいてこましたれ、

「おい、ハルマゲドンを知っておるか」

しまった。黙示録の話をするなんて。わたしは、なんてことを聞いてしまったのだ。もう駄目だ。我が方の大敗北だ。夢がこわれました。頭を抱えていると、妻は意外にも、

「たしか、ヨハネの黙示録の第十六章に出てくるんじゃなかったかしら。龍《りゅう》の口、獣の口、にせ預言者の口から、三つの汚れた霊が出てきて、王たちをヘブル語でハルマゲドンというところに召集した、ってあれじゃないの。それがどうかして」

と、尋常の口調で返答するではないか。こうなれば、こちらのペースである。朝食は

目前だ。ここでなにか面白いことを言って笑わしてしまえばいいのだ。笑いのうちに、あっはっはっ、冗談はこれくらいにして飯にしようよ、と言えば、女ってのは情緒的なものだから、切迫した経済情勢のこともすっかり忘れて、あまりのおかしさに目に涙を浮かべて「をかしなひとだよう、ほんたうに」などとげらげら台所へ向かうに決まっている。うふっ。わたしは内心の喜びを隠しつつ、わざともったいぶった調子で言った。

「はは、君はなにも分かっておらんようだな。はるまげどんとは、春髷丼《はるまげどん》、すなわち春と髷を乗せた丼飯《どんぶりめし》のことですよ。春とは緑豆の澱粉《でんぷん》から作った糸状の透き通った素麵《そうめん》のようなもの、すなわち春雨のこと。髷とは、干のりなどで巻いて包んだ寿司《すし》、すなわち巻き寿司を、その形態がちょん髷に酷似していることから粋言葉《すいことば》洒落《しゃれ》言葉的に髷と称したもの。つまり、飯の上に春雨と巻寿司を乗せたものが、春雨髷どんぶり→春髷どんぶり→はるまげどんってなったってわけで、黙示録とはちっとも関係ないんだよ。って、うそうそ。冗談だよ。そんなものあるわけないよ。そんな、まずそうなもの誰も食わないよな。げらげらげら。それにしても馬鹿なことを言っていると腹が減った。朝飯はまだかい。なんでもいいから作ってよ。けど、はるまげどんは困るぜ、げらげらげら」

爆笑しているはずの妻はこわばった顔をして、身を硬くして真正面を向いて動かない。こちらを見ない。

行き場をなくしたわたしの高笑いが宙をさまよっている。陽が縞《しま》に射し込んでいる。

2

で、わたしはいつものように、陽の射し込む居間で考える。

つまり、だんだんに時代が進んでくると、いろんなことが便利になる。例えば、自動車。ね。昔の人は、どんな遠方でも、二本の足をば、たがいちがいに前へ出して、てくてくてくてく歩いていったものなんだよ。ね。それに比べて、どうですか？　いまは？　ね。自動車、なんてなものが発明されて、自分はクッションの利いた椅子《いす》に座っているだけで、あっという間に目的地に到達してしまう。新幹線だってそうですよ。弥次《やじ》さん喜多さんなんて、ねぇ。東海道中膝栗毛《ひざくりげ》、なんてなことを言いながら、京都まで五十三次、というんだから、おおかた二ヶ月近くもかかってたのが、どうですか？　いまは？　三時間かからないで行ってしまう。便利になったもんだよ、んたぁに、どうも。って、これはやはり人間の叡知《えいち》というもので、フィラメント電球で有名な発明王エジソン、飛行機のライト兄弟、種痘《しゅとう》のジェンナー、電話で有名なベル、黄熱病の研究に一生を捧《ささ》げた野口英世、灯油ポンプのドクター中松、なんて、やはり、これだけ人間が大勢いれば、中には頭のいい人がいるもんですよ。わたしなど、例えば誰かに、「おまえも男と生まれた限りは、死ぬまでに新幹線のひとつも作ってみろ」と言われたとしたところで、なにから手をつけていいのか分からない、おそらく今生では不可能であろうとおもわれるが、それに比して、前述の人たちというのはなんと偉大な人たちであろうか。ね。そういう人たちのおかげを以《も》って、世の中がこんなに便利になったのである。よかった。よかったよ。はは。

ってぇ具合に、よかったのはよかったのだけれども、そうして世の中便利になったおかげで、よくなかった部分もないではない。というのは、便利になったがために逆に、世の中、世智辛《せちがら》くなったという点も看過できぬからである。普通に考えれば、これはおかしな理屈で、例えば、家庭の主婦、以前は、家事労働といえば大変な重労働で、炊事、洗濯、針仕事、子供は泣くわ、犬は吠《ほ》えるわ、なんて、そらもう大変だったのが、さっき言ったように、偉人たちのおかげで、電気エネルギーをば運動エネルギーに変換する各種装置が開発され、それまで、丸一日かかっていたことが、一、二時間で済むようになった。じゃあ、いいじゃん。別に問題ねぇよ。てなもんであるが、そうでない。その空いた時間、やることが無くなってしまったのである。もし彼女が偉人であれば、その時間を活用して、さらなる人類の飛躍のきっかけとなる、驚くべき装置を開発したかも知れぬが、たいていの人間は偉人ではないので、そういうわけにもいかぬ。そして、悲しいかな人間というものは、目先のことに追われているうちは、そんなことはないのだけれども、暇になると、つい抽象的・観念的なことを考えてしまい、次第次第に世間がぎすぎすして、人心が荒《すさ》む、つまり、世智辛くなるのである。

物売りの声、ひとつとってみてもそうである。昔は、辻々角々《つじつじ》を、天秤棒《てんびんぼう》を肩にかついで流して歩く、物売りというものがあった。冬の寒い夜。親ばかちゃんりん、そば屋の風鈴、なんて、風鈴蕎麦《そば》。「そーいやうい」夏の昼下がりに眠気を誘う金魚売り。「きんぎょーい、金魚」きせるのらお直し。「らおーしかやー」つまり、昔は、なにか商売をする場合の宣伝・営業活動は、往来に立って、大声でたてまえを言うだけで事足りたのである。「猫の蚤《のみ》とろう」と叫べば、「ちょっと蚤とり屋はん」と声がかかって商売になった。それがいまや、どうですか？　宣伝活動は？　ふざけきった偉人どもが、訳の分からぬ装置・機械を発明しやがったせいで、世の中が世智辛くなり、複雑になった昨今、往来でたてまえを叫んだところで、人は見向きもしない、下手をすれば狂人扱いされるのが落ちで、そうではなく、この世智辛い世の中においては、なにか商売をしようと思ったらまず、背広を着て、鞄《かばん》を持って、無機質で非人間的なインテリジェントオフィスとやらに出かけていって、あらぬほうをみて馬鹿面《ばかづら》をしている担当者、とやらに、具体案を提示、すなわちプレゼンテーションという、本来の業務とはなんら関係のない示威活動を展開せんければ相成らんのである。

って、このようにわたしが言うと、「はっ、なにを吐《ぬ》かしやがる。のらくら者が。屁《へ》理屈《りくつ》を言うな、三下奴《さんしたやっこ》」と、口を極めて罵倒《ばとう》する人があるかも知らん。けど、そうでない。わたしは机上の空論を語っているのではないのだ。わたしだって努力しているのだよ。ね。わたしが朝から居間に座って、なんら行動せぬまま、こんなことを言っているのなら、その批判を甘んじて受けよう。そうではないのだ。断じて！　わたしは体験から語っているのである。

住宅の立ち並ぶ一角。このあたりでよろしかろうと見当をつけたわたしは、力強く、「ちゃわおっしゃーっ、ちゃわおっしゃー」と絶叫した。わたしの予想では、すかさず、「ちょっとウォッシュ屋さん。お願いね」と呼ぶ声がするはずだった。ところが、洗濯物が物干しにへんぽんと翻《ひるがえ》るあたりの住宅は静まり返り、まるで答える者がないのである。いったいどうなっとるんだ。声が小さいのか、と、今度は、喉《のど》が破れるくらいの大声で、「ちゃわおっしゃー」「ちゃわおっしゃー」「ちゃわおっしゃー」と叫んだにもかかわらず、どの主婦もわたしを呼ばぬ。ややあって、あっ、そうか、きっとこのあたりは貧乏人が多いのだな。はっきり言って貧乏の集まりだよ。と思ったわたしは場所を変えて、また、「ちゃわおっしゃー」「ちゃわおっしゃー」「ちゃわおっしゃー」と絶叫したのだけれども、やはり、わたしを呼ぶ主婦はなく、夢がこわれました。出かけるときは、内心で、相変わらず無言でわたしのすることを冷ややかに眺める妻に心の内で、いまにみておれよ、夕景にはきっと、二万円持って帰るからね。十日ほど頑張ったら、富豪になった記念に、ダイアモンドでもなんでも買ってやるからね、と告げ、義父のアメリカみやげの頑丈な革鞄に、洗剤とたわしを詰めて、はりきって家を出たのに、夢がこわれました。と、わたしはしょんぼり家に帰った、そういう実体験に基づいて右のごとき結論に至ったのである。

まったくもって、偉人のぼけはなにをさらすのであろうか。ひとの夢をこわしやがって。勝手なことをするな。って、考えれば考えるほどむかむかするが、いつまで怒っていても状況は好転しない。つまり、この高度資本主義社会の中で、自分の立てた方策はあまりに素朴すぎた、ということなのだ。それにつけても、金、金、金。金がない、ってのは本当に情けねぇことだ。愛する妻と口を利《き》くこともできぬ。ああ、夢がこわれました。相変わらず陽がたけぇなあ、これで夕方になったら、もっと心が寒くなるんだな。くわっぱ。

なんて半ば悟り、半ば嘆き、わたしはそれから、二、三日、居間に座って偉人を呪《のろ》っていたのであるが、捨てる神あれば拾う神あり。わたしは、別の形での社会参加、すなわち、貧困のどん底であえぎながらも、無意識のうちに、そういうことは自分は無理であろう、と、最初から考えもしなかった、就職、を果たしたのである。

住宅の内装や修理。そんなことを自分ができるようになるとは、「夢にも思わなかったわ」。ところが現にやっているのだから世の中分からない、というより、ありがたい。若い頃、一緒にバンドをやっていたベースの奴《やつ》が十年ぶりに電話をよこして、なにを言うのかと思ったら、「知り合いの長田儀助という住宅の内装・修理業を営む人物に、『どういうわけか、このところ注文が殺到し、人手不足に悩んでおり、臨時に来てくれる人間がいたら声をかけといてくれ。この際だから、少々馬鹿でも、うすらとんかちでもなんでもいいよ』と頼まれ、誰かいいの居ないか。と考えて思い出したのが貴様じゃよ。相変わらずのらついているんだろう。どうだ、少しく小遣い稼ぎをせんか」と、吐かしやがるのである。もちろんわたしは一も二もない。この話に飛びついた。

そういうわけでこのところわたしは、毎朝、六時にアラームをセットし、うがい手水《ちょうず》に身を清め、勇躍出勤している。そいで、どうですか？ 住宅の内装・修理は？ といえば、そう、まず代表的なのはペンキ。いわゆる塗装作業というやつね。つまり、住宅の壁や天井、或《あるい》は外壁などにペンキを塗る。しかし、最初は驚いた。じゃあ、やるか。ってんで、ペンキの一斗罐《かん》、脚立《きゃたつ》、パレット、各種刷毛《はけ》、ローラー、ウエス、足場板、なんてな道具を、ひいひい言って、駐車場から築二十年、ってえ風情《ふぜい》のマンションの四階、2DKの空き部屋に運ぶ。運んだんだからじゃあ、ペンキを塗るのだと、こっちは思うよね。ところがさにあらず、長田はわたしに紙鑢《かみやすり》を渡し、「これで壁をこすれ」と言うのである。なんじゃそりゃ。紙鑢で壁をこする。いったいどういうこと？ 長田という男は気が狂っているのではないだろうか、と、わたしは一瞬訝《いぶか》ったのだけれども、いまは勤めの身、しょうがないから、言われたとおりにしたんだけど、これが苦しい。

目といわず髪の毛といわず粉塵《ふんじん》が入るし、なによりも苦しいのは、そういう肉体的苦しみよりも、なんのためにそんなことをするのか訳が分からないという、精神的の苦しみである。ものの五分もしないうちに、こいつぁたまらん、と、隙《すき》をみて逃げようかとも思ったのだけれども、人間何事も辛抱が肝心、と、一生懸命、こする。ところがどういう理由でこんな馬鹿げたことをやらねばならぬのか分からないでやっているものだから、その、一生懸命の度合いというものを設定することができず、また、壁というものは、「はい、ここまでやったから、次はここ」という具合に、区切りというものを設定することができぬのである。例えばこれが、風呂場《ふろば》のタイルであれば、一辺が約十センチの区切りというものがあるわけであるから、作業にも、自ずとリズム、グルーヴ、というものが生じる訳なんだけれども、壁の餓鬼ときたら、区切りもけじめもあったものでなく、どこまでもずるずると、だらしなく壁なのである。したがって、ふと気がつくと同じところばかりこすっていたり、また逆に、全然こすっていない箇所を発見して、再び逆戻ったり、と、作業は遅々として捗《はかど》らず、さらに悪いことに、家というものは、どういう訳か家中、壁だらけで、長田が、「飯にしよう」と声をかけなければ、すんでのところで気が狂うところであった。ところが、午後になって、急速に事態は好転した。それまで、窓や鴨居《かもい》、といった部屋のあちこちに紙テープを貼《は》る、といった、これまた奇怪なことをしたり、一斗罐のペンキになにやらあやしげな液体を混入してぐるぐるかき回していた長田儀助が、ついに、「じゃあ、そっちの玄関のほうから塗ってってくれ」と言って、いよいよ、本格的塗装作業が開始されたのである。

そして、長田に初歩的な手ほどきを受けたわたしは、まず、隅からキメる、ってんで、右手に刷毛、左手に、ひすいコートと印刷してある一斗罐から小分けした白いペンキの入った小ぶりのバケツ様の丸い容器、通称、提げ罐という、を持って、脚立によろよろよじ登って、訳の分からぬ壁こすりから解放されて、天井と壁の角、壁の途中の木の桟の上下を刷毛でキメていく、という塗装作業にとりかかった。

ははは。おもしろい。おもしろい。やはり、これだよ、これなんだよ、山ちゃん。誰やねん、山ちゃんて。って、わたしは、ときおり、「わちゃあ、はみ出した」「わちゃあ、手にペンキが垂れた」「わちゃあ、提げ罐をひっくり返した」「わちゃあ、右手に神経を集中していたら、右手以外、全部お留守になって、さっき塗ったところに手や体をもたせかけてしまっていたがために、塗ったところには手形がつき、畳建具にべたべたと白ペンキが付着してしまった」などと叫びながらも、これこそ、訳の分からぬ、壁こすりと違って、人間の作業だ。ははは。こうやってわたしが壁を塗ると、目に見えて壁が綺《き》麗《れい》になるのだ。わははは。嬉《うれ》しい。と、作業に没頭した。そして、こうやってわたしが壁を塗ることによって、そこにある種の価値が生じ、その価値に対して、長田は金を払い、施主は長田に金を払い、この部屋にいずれ住むであろう人間は、施主に金を払う。

つまり、わたしはやっと、社会に参加することができたのだ。人間の輪に参加することができたのだ。これでやっと人間に戻れたのだ。あはは。夢が叶《かな》いました。なんて、午後一杯、幸福な気持ちで、長田が材料及び道具と一緒に搬入した、ペンキだらけの赤いラジカセから、ジェイムズブラウンの「ベビベビベビベイビ」などと叫び声、リズムの躍動する中古マンションの空き部屋で、幸福な気分で夢中になってペンキを塗り続けたんですよ。陽が翳《かげ》るまで。翳ってしまうまで。

そして、二、三日通ううち、事態はますます好転した。つまり、初日、あれほど苦痛であった、壁こすりが苦痛ではなくなってきたのである。つまり、肉体的な苦痛、これは仕方ない、しかし、そうやってペンキを実際に塗ってみると、あの訳の分からなかった壁こすり、の意味が、じねんと了解されたからである。というのは、もしわたしに、「塗装のぎりぎりの肝要のところをうかがいたい」と問答を仕掛ける人があったとすれば、わたしは、「下地じゃよ」と答えますね。つまり、塗装段階以前の塗装面の下地処理、これですべてが決まるのである。つまり、よく、接着剤などの取扱説明書に、ごみやほこりをよく取り除いてください、なんてなことが書いてあるでしょ。あれですよ、あれ。ご存じのように壁に塗装をするとはいい条、その下には、前に塗ったペンキがあるわけね。そしてそれがよくなくなったから、よりよくしようとして人は塗装をする。

ね。よくないということはよくないということなので、それをば予め《あらかじ》、除去しないと、駄目の上にいいを重ねても、それはやはり駄目なのであって、本当の、いい、にしようと思ったら、駄目を紙鑢でこすり落としてから、いいを塗らないと駄目なのである。

しかし、長田も人が悪い。そうならそうと、最初にそう言ってくれればいいものを、と、わたしも、一時は長田を恨みもしたが、そうでない。こういうことは実践を通じてしか理解できない、いわば、勘どころ、という類《たぐい》のものであって、いくら理論を学んだところで、それは、畳水練、事実上、なんの役にも立たぬ机上の空論なのである。そして、わたしも、いまでは、自在に刷毛やローラーを駆使してペンキを塗り、その姿たるや、刷毛を提げ罐の縁でしごく仕草といい、衣服にペンキの付着した感じといい、鵜《う》の毛で突いたほどの隙も無い身配りといい、まぎれもないマイスター。われながら惚《ほ》れ惚《ぼ》れするような職人姿で、わたしはのってる奴、或いは、塗ってる奴。塗って塗って塗りまくり、昼飯には、刺身定食を食って、帰りには、さすがに二万四千円というわけにはいかぬが、八千円を貰《もら》って帰路。居間に座り込んで抽象的なことばかり考えていたときとは違って、夕日をみて美しいと思う心の余裕も出て、そうなると自然と口をついて鼻歌。

かっこう　かっこう　呼んでる

さわやかに　谷の声
ほら　ほら　響くよ

なんて、童謡を歌い、ただ他人の作った歌を歌うばかりでは、面白味に欠ける。ここは、ひとつ、ってんで、

ぶかっこう　ぶかっこう　不格好です
犬の手も　猿の手も
ぶかっこう　ぶかっこう　不格好です

などと、替え歌まで歌いつつ家に帰る、という、明るく快活な人生を歩むようにまで、わたしは成長したのであり、実にもう、快調だったのである。
この時点までは。

3

そんなこんなで、毎日、ペンキ塗りに出かける。仕事が終わったら八千円貰って帰る。

ってな、日々が続くうち、妻もだんだんに口を利《き》くようになり、わたしもまた、冗談を言ったりするようになり、わが家は、緩やかな回復基調。なかなか、いい感じ。また、貰ったお金は、電車に乗ったり、駅から家に戻る途中、お菜《かず》を買ったり、煙草《たばこ》を買ったり、ビールを買ったりするので、家に辿《たど》りついたときには、五千円ちょっとになってしまっているのだけれども、それをお菓子の空き箱に入れて、レコードプレイヤーの上に置いておいたところ、こないだ数えてみたら、驚くなかれ、なんと五万円あまりにもなっていて、ああ、社会に参加できてよかった。夢が叶いました。と、喜んで、それからは、毎日寝る前にお菓子の箱の金を数えるのが楽しみになった。まま、前日より減っていることがあった日などは、「貴様、この金を遣ったのか」と妻を責問にかけ、「新聞屋が来て持ってった」だの「町会費を払った」なんて、いちいち反論の仕様のない事実を、妻が答えるのに、「そうかー」と、嘆息することもあったが、そのような一進一退を繰り返すうち、とうとう、箱の中の金高は十万円を突破したのである。

その夜。わたしは、明かりを消して真っ暗な寝床でにやにやした。はは。十万円。これはわたしが社会から十万円分の価値があると認められた証左に相違ない。はは、わはは。価値ある男。それはわたし。甲斐性《かいしょう》のある男。それはわたし。ばははは。って笑ってると、隣で妻がもぞもぞした。わたしは、あることを思いつき、妻に、「明日の夕刻、駅の改札口で待ちあわせをしよう」と言った。妻は、「はい」と答え、また静かになった。わたしは暗やみで自らの思いつきにしばらくにやにやを続けたのだけれども、そのうち、昼間の疲れからか、いつのまにか眠ってしまっていた。

翌日。鞄《かばん》、手袋、金銀財宝。虚飾の極みを極めた、百貨店のフロアーでわたしは妻に、「なんでも好きな物を買ってやるから買いなさい」と鷹揚《おうよう》に宣言して反っくり返った。

妻は「あら、よろしいんですの」

と、喜んで、これだよ、これ。情熱だよ。と内心得意の絶頂、さらに反り返っていると妻はエレベーターの方にすたすた歩き出したので、通常の姿勢にもどって、自分は小走りに後を追った。

黄色い制服を着たエレベーターの係りの、普段はヤンキーのような女の人が、声を造り、いちいち、「あっ、二階、あっ、婦人服売場で、あっ、ございます」と、奇妙な抑揚をつけて言う。妻は降りる様子がない。「あっ、三階、あっ、紳士服売場で、あっ、ございます」妻はまだ降りない。「あっ、四階、あっ、子供服売場で、あっ、ございます」まだ降りない。「あっ、五階、あっ、宝飾品売場で、あっ、ございます」「あっ、六階、あっ、家電売場で、あっ、ございます」と女の人が言って、妻はやっとエレベーターを降りた。「あっ、上へ、あっ、参ります」と、いう声をみなまで聞かず、妻はまたすたすた歩き出し、大小色とりどりの冷蔵庫が置いてあるあたりで立ち止まり、扉の開閉具合を確かめたり、中のトレイの具合を調べたりし始めたのである。まったくもって訳の分からぬ女である。冷蔵庫なら家にもうちゃんとあるのであって、こんなところで暇をつぶしていないで、さっさとダイアモンドでも、鞄でも、服でも買えばいいのに、と内心、不思議に思っていると、妻は突然、「これにしますわ」と、ある冷蔵庫を指すのである。ますます訳が分からず、

「これにしますわ、って君、これは」と、思わず言ったわたしに妻は、何事もなかったように、「これは、って、あなた、これは冷蔵庫ですわ」と、分かり切ったことを言うのである。わたしは妻の真意がさっぱり分からず、

「だって君、冷蔵庫なら家にあるじゃない。もっと、指輪とか、洋服とか、そういう物を買えばいいじゃない」と、弱く笑いながら言うと、妻は、

「でも、あれはあなたが結婚前から使ってたのでしょ。小さすぎて、とても不便なのよ」と、言うのである。

そうだったのか。ちっとも知らなかった。別段、あの冷蔵庫をとりわけ気に入っていたわけではないが、成る程、そうか、あれは不便だったのか。そうか。と自分は得心したが、しかし、どこか心に引っかかる部分があるというのは、自分としては、冷蔵庫なぞという散文的な、ある種、無粋な機械ではなくして、いま少し、詩心のある物を買ってやりたかったのである。しかし、なんでも好きな物を買いなさいと言った手前、冷蔵庫は駄目だとも言えぬのであり、金高に余裕があれば、冷蔵庫を買った上、さらに服や

指輪を買ってやることもできるが、先程、ちら、と見たところ、どれも十万円内外の値札がついていたのであって、うぐぐ、わたしは、なんとか妻が、指輪や服といった色気のある物を買わざるを得なくなるような手だてはないものか、と考えた。

例えば急に腹が痛くなったふりをして、悶絶昏倒《もんぜつこんとう》する。そうすると妻は心配して、あなた大丈夫ですか。と訊《き》くから、うぐぐ、死ぬ前に君が綺麗な服を着ているところを見たいと言い、婦人服売場に行って綺麗な服を買って着て見せてくれと言う。そして、妻が服を買い、着替えて戻ってきたら、なんだか急に治ったよ。と言い、あら、そうですか、ということになって……、というのはどうだろうか。うぐぐ。駄目だな。悶絶昏倒した時点で店員がわらわら駆け寄ってきて、救急車を呼ぶなどして妨害するに決まっている。じゃあ、こういうのはどうだろうか。ちょっと喉《のど》が渇いたから、と言って、妻を喫茶店に誘う。そして、パフェかなんかを注文する。ややあってウエイトレスは注文のパフェを運んでくる。わたしは、すっと足を差し出す。蹴躓《けつまず》いたウエイトレスは妻の服にパフェをぶちまける。ウエイトレスは平謝りに謝り、こんなパフェまみれではみっともなくて往来が出来ぬ、幸か不幸か、ここは百貨店、しょうがねぇから、服を買って、それに着替えて帰ろう、というのは。意外にいいんじゃない？　これ。よし、これでいこうと、「ちょっと喉が……」と言いかけると、傍らにいたはずの妻の姿はなく、慌《あわ》てて辺りを見回すと、向こうのカウンターのところで妻は店員と冷蔵庫売買に伴う事務手

続きを行っており、わたしと目が合うと、こっちへ来いというゼスチャーをするので行くと、

「じゃあ、あなた、後、お願い」

と、わたしに支払いを促したのである。

わたしはしょんぼりと金を払い、妻は、「明日から、腕を振るいますわよ」と言ってにっこり笑った。

百貨店を出たわたしと妻は、タイ料理屋で飯を食って家に帰った。

仲良く腕を組んで。

4

わたしは嫌になった。なにが。そう。ペンキ。なんでぇ、馬鹿《ばか》らしい、くる日もくる日も阿呆面《あほづら》をして、見知らぬ他人の家の壁やトタン屋根を塗っている、まるで奴隷《どれい》の生活である。大体においてわたしは、もっとなんというかこう、自分の才能を生かすような、クリエイティブな仕事がしたかったのだ。それをば、ただ生きんがために、つまらぬ仕事をして疲労しているのである。因果なものだ。アーサー・キット氏曰《いわ》く、「私はエンターテイナーではない。アーチストと呼んでもらいたい」ムムムム、シボン。そう

だ。わたしだって、アーチストになりたいのである。正味の話、わたしがいくら、壁に色を塗ったところで、それは、日だて八千円の職人の手間にしかならぬのであり、これがアーチスト、ということになれば値段だってずいぶん違ってくるはずで、五万円くらいになるかも知れぬのである。これが、クリエイティブということだ。ムムム、シボン。そして、疲労して帰宅したわたしに、追い打ちをかけるような、妻の所業。これがまた、ささくれだったわたしの神経をずたずたにする。

鶏卵の問題である。

先日、わたしは妻の懇請によって冷蔵庫を購入した。そのこと自体に問題はない。いや、問題がないどころか、妻の眼力は相当なもので、以前、家にあった冷蔵庫に比して、その冷蔵・冷凍能力、容量、内部の仕切り板の具合などは、格段に優れている。ところが、意外な落とし穴がここにあった。疲れるばかりでなんの面白味もない、馬鹿馬鹿しい仕事を終えて疲れ切って帰宅するや、玄関から台所に直行し、冷蔵庫の鶏卵にのろのろ手を伸ばし、あることをせんければ相成らぬのである。

つまり、冷蔵庫内部は、食料品を収納するのに都合がいいように、何段かに仕切られており、そこに西瓜《すいか》やら塩辛やらを収納するのであり、当然、扉の部分も、二段のポケットがしつらえてあって、下段は、その高さが高いもの、すなわち牛乳瓶など、上段には低いもの、すなわち、雲丹《うに》の瓶などを収納するように設計されているのは周知の事実である。そして、便利なことに冷蔵庫には、さらなる工夫があって、その上段ポケットの上に、鶏卵を収納するための丸い穴の開いたトレイがしつらえてあるのであるが、この鶏卵トレイなるものが曲者《くせもの》で、つまり、鶏卵を買ってくる。間髪を入れずに買ってきた鶏卵を鶏卵トレイにぽちぽち収納する。いいと思う。順調そのものである。問題はその後に生じるのである。例えば、オムレットが食いたくなって、妻に、オムレットを拵《こしら》えよ、と命じたとする。傍らで小説本かなにかを読んでいた妻は「はい」と好《よ》い返事で立ち上がり、冷蔵庫の扉を開ける。ここだ。ここが重要なのだ。と、妻の手元を注視していると、ほらね、いわんこっちゃない、妻は、いたって無造作に、鶏卵トレイの奥の方の鶏卵を取り出しているのである。わたしは再三再四、口を酸《す》っぱくして妻に、鶏卵使用の際にあたっては鶏卵を手前側から取ってくれろ、くれぐれも奥から取ってくれるなよ、と注意してきたのだ。なぜか。つまり、鶏卵でしょ？　鶏卵。この鶏卵が鶏卵トレイに入っているでしょ？　その鶏卵がだ、例えば残り少なになったらどうするよ？ね。わたしはさっきから、オムレット、オムレット、とオムレットのことばかり言っているようだけれどもだ、なにも、鶏卵はオムレットばかりに使用するのではない、茶碗《ちやわん》蒸《む》しだってそうだ。親子丼《どんぶり》だって鶏卵を使う。カツ丼、ハムエッグス、小田巻等々。実際の話、人は結構、鶏卵を食うのである。だから、冷蔵庫の中の鶏卵は日々減少していき、そして、ついには食い尽くされ、鶏卵は無くなってしまうのである。するとどうなる。例えば、スパゲッティ・カルボナーラを拵えようとして、スパゲッティを鍋《なべ》にぶち込み、「はは、これで麺《めん》の方は万全だ。じゃあ、おもむろにソースの支度にとりかかることにいたしましょうかな、小生は」なんてなことを小声で呟《つぶや》きながら、冷蔵庫の扉を開け、そこに鶏卵がないことを発見したら、人はいったいどんな気分になるだろうか？　じりじりするような挫折感《ざせつかん》・焦燥感・虚無感を味わうことになるのではないだろうか。だから人は、そんなことにならぬよう、鶏卵が完全に費消され尽くされる前に、鶏卵を買ってきて補充するのだ。わたしだってそうする。ところがだ、いま買ってきた新しい鶏卵と鶏卵トレイに残った古い鶏卵、これはどうやって見分けをつければいいのであろうか、豆腐やはんぺん、或《あ》いは肉や魚、ハムなどと違って鶏卵は、その外郭が殼《から》におおわれているという鶏卵固有の性質を主たる理由として、外観の状態から、その旧《ふる》い、新しいを弁別することがきわめて困難であり、鶏卵トレイに並んだ鶏卵は、わたしが妻に厳命したごとく、当家に於《お》いては鶏卵トレイの鶏卵は手前側から使用する、ということを家族全員に周知徹底しておかなかった場合、人々はそのときの気分で、手前から取ったり奥から取ったり、と、いい加減に取るわけだから、後、買ってきた鶏卵を、そのとき開いていたところに補充した場合、いったいどの鶏卵が新しく、どの鶏卵が旧いのか、さっぱり分からなくなって、ともすれば四ヶ月前の鶏卵が鶏卵トレイの上にいつまでもある、といった、もしなにかのときにたまたまそれを食し、食中毒で一家が滅亡する、といった事態に発展しかねない危険な状況が現出するからである。冷蔵庫が配達されて、二、三日後、カルピスを飲もうとして冷蔵庫の扉を開けた際、ふと、そのことに気がついたわたしは、とりあえず、そこにあった鶏卵を手前側に集結せしめ、妻に、「鶏卵使用の際にあたっては鶏卵を手前側から取ってくれろ、くれぐれも奥から取ってくれるなよ」と申し渡し、「あら、どうしてですの」と聞く妻に、「一家が滅亡するからだ」と答え、それから漸《ようや》く安心して、カルピスを拵えて飲んだのである。

　ところが、翌日仕事から帰って冷蔵庫を調べてみると、どうも、わたしの言いつけが守られていない、つまり、鶏卵を手前側から使っていったとすれば鶏卵は手前側が空いて奥に固まっているはずなのだが、鶏卵は手前までびっしり詰まっている。これは妻が鶏卵を奥から使ったという証左に他ならぬのであって、わたしは妻に問いただした。「君は鶏卵を奥から使ったね」ところが妻は、「手前から使いました」と言うのである。それはおかしいのであって、現に手前が詰まって奥が空いているのである。いくら愛する妻とはいえ、こうも平然と嘘《うそ》を言われると小憎らしくなってくる。わたしは妻の手を引いて冷蔵庫のところまで行き、扉を開けて妻に言った。

「じゃあ、これはどういうことだろうね？　手前が詰まって奥が空いている。これでも君は手前から使ったというのか？」ところが妻は、慌てたそぶりを見せるでもなく、「それは新しく買ってきた卵をそこに入れたんですわ」と言うのである。

つまり補充の問題。これをどういうふうに解決するかを、わたしは忘れていたのである。つまり、いくら鶏卵を手前側から使っても、その空いた手前側に新しい鶏卵を補充してしまってはなんの意味もない。そればかりか問題はさらに複雑で、手前側の空いた数と買ってきた数が同数の場合は、今度はじゃあ奥から使っていけばいいわけだけれども、現実にそんなことはほとんどなく、手前で入りきらなかった新たな鶏卵は奥のさらに奥に行くわけで、それをまた手前から使っていき、また買ってきた場合、また数が合わぬ訳だから、また手前や真ん中やさらなる奥へ行ってしまうわけで、もうそうなると、はっきり言って手のつけようがないのである。だからつまり、鶏卵は手前から使う。これはもう絶対そういうことにする。そして、新しい卵を買ってきた場合は、いまある鶏卵をいったんすべて手前側に置きなおし、その上で、買ってきた鶏卵を奥に向かって並べる、可能であれば、新しい鶏卵を買ってこない場合でも、しばしば鶏卵を手前側に集めて後方のスペースを確保しておく。と、こういう風にしなければならぬのである。その旨《むね》、妻に申し渡そうとしてわたしは、ふと躊躇《ちゅうちょ》した。大体において、なにかにつけて几帳面《きちょうめん》なわたしと違って妻は、少しく粗雑・乱暴なところがあって、マヨネーズ、ケチャップ、糊《のり》、育毛剤などの蓋《ふた》をきっちり閉めずに放置し置いたがために、それらを所定の位置に収納しようとわたしが口のところを持って持ち上げた途端、そうして、きっちり閉めていないものだから、蓋ばかり持ち上がって肝心のボトル本体が転倒し、辺り一面ケチャップまみれになる、などといった類《たぐい》の惨事をしばしば引き起こしているのであり、果たしてそんな人間に、かくも複雑な鶏卵の管理を独力で行えるであろうか。という疑念がわたしの胸中に湧《わ》いたからである。だから結局、わたしが煩《はん》を厭《いと》わずに、鶏卵を並べ替えるより他に手だてはない。わたしは妻に、「まあ、じゃあ分かったから手前側から使う、これだけは守ってください」とだけ言って、それから毎朝、鶏卵ポケットの鶏卵を整然と並べてから仕事に出かけるようになった。ところが夕方になって家に帰り、冷蔵庫を開けると、鶏卵ポケットはもうぼこぼこ、妻は、相変わらず、と言いたいところではあるけれども、自分がうるさく言わなくなったのをいいことに、手前から、奥から、真ん中から、或いはその中間部から、随意に鶏卵を取り出し、その都度、「手前側、手前側」と、しつこく注意するのだけれども、人の苦労も知らないで、「あら、そうでしたわね」などと、まるでわたしが、まったくどうでもいいことで殊更《ことさら》騒ぎ立てているのを、軽くあしらう、とでもいうような口調でその場限りの返事をして、小言を言ったその日は手前側から使うのだけれども、もう次の日には、そのときの気分で卵を取り出しており、わたしは、仕事のつらさにプラスして、鶏卵の並べ替えにも神経をすり減らしているわけだから、ペンキを塗っていても、じねんと集中できずミスが多くなって、長田に叱《しか》られることが多くなり、仕事の単調さも相俟《あいま》って、すっかり仕事が嫌になってしまったのである。

そしてついに先日、肉体的・精神的疲労はピークに達し、帰宅して鶏卵を並べ替えているうち、頭脳の中である種の無常観的疾走感が充満して、頭がぱんぱんに膨れ上がり、体の中に水が詰まったような、ふらふらするような感覚に襲われ、鶏卵を並べ終えた途端、台所の床に倒れ伏したわたしは、閑吟集を朗唱していたのである。

翌朝。いつもの時間に目を覚ますと、どういうわけか途轍《とてつ》もなくからだがだるく、また相変わらず頭が膨らんだ感じがしていて起きあがることが出来ず、しょうがないのでそのまま夕方まで横になっていたのだけれども、だるみと頭の膨らみはいっこうに治らず、這《は》うようにして台所まで行って卵の並び替えだけはやったけれども、また寝床に横になり、それ以来、飯も寝床で食っている。もちろんペンキに行けるような状態ではない。

卵のことさえなければ。それさえなければ。そうだ、あのときダイアモンドの指輪を買っていればこんなことにはならなかったのかも知れない、後悔先に立たず。と、呟きつつ、夕方になるとわたしは卵を並び替える。それ以外のことはなにもしていない。

体がだるい。

今日も陽が翳《かげ》る。

5

ペンキを止《や》めて一ヶ月。ぱんぱんに膨れ上がった頭脳は徐々に軽快し、あはは、やっと通常の状態だよ、と喜んでいたのは束《つか》の間《ま》。今度は急速に頭がしぼんで頭皮がゆるゆるになり、頭の皮が垂れ下がって前を見るのに難儀をするというような浅ましいことになってしまった。世の中の人や妻は苦もなく生きているというのに、なんでわたしばかりがこんなに苦労をしなければならぬのであろうか。混乱と恥辱の中でわたしはほとほと疲れ果てて、広げていた新聞を投げ捨てて立ち上がった。もう嫌だ。なにが鶏卵の並べだ。一家が滅亡するならすればいい。わたしは自由奔放に生きてやる。例えば、そら、これだ、と自分はリズムに乗り笑顔を作って、「ヤックハライマヒョ、メデタイノンデーハライマヒョ、ヤックハライマヒョ、メデタイノンデーハライマヒョ」と、やや甲高い声で厄払いの立て前を唱え、両腕を上下させながら居間の中央に設置した座卓のぐるりをぐるぐる踊り歩き、立て前二回に一回の割合で、突如静止し、今度は恐い顔を作って地の低い声で、「厄払い」と顧客が厄払いを呼ばう声を出す、ということを繰り返した。いったい何周しただろうか、しばらくすると、だんだんに頭の中が真空になって、人生の苦しみは彼方《かなた》へ去ったかと思われた、その瞬間、自分は、向こう臑《ずね》を座卓の角にしたたか打ちつけ転倒した。臑を打ちつけた瞬間、「うがが」と、一声発した後は、そのあまりの痛苦に声も出せず、涙を流し、臑を押さえて床をごろごろ転げ回って苦悶《くもん》していると、玄関の方でがちゃがちゃ音がした。「がるるる」と、唸《うな》りながら涙で霞《かす》む目で見ると、朝から姿の見えなかった妻が、白いビニール袋を持って台所に立ち、わたしを見下げている。わたしを見下げるな。

「いったいどうなさったんですの」と、妻は尋ねるが、頭がしぼんで心が屈託してかなわぬので厄払いごっこをやっていて座卓に向こう臑をぶつけたのだ、などと正直に答えたら、いったい妻は自分のことをどう思うだろうか。馬鹿《ばか》な奴《やつ》。間抜けな奴。幼児的な奴。違う、違う。貴様にわたしの苦しみが分かってたまるものか。って、しかし、妻はペンキを塗ったこともなければ鶏卵を並べたこともない。いくらわたしが、わたしの苦しみについて、縷々《るる》弁術したところで、それを理解することはない。そして、口は法楽、などと嘯《うそぶ》いて、台所に立ってわたしを見下げ続けるのである。それはあまりにも口惜しい。わたしは痛みに耐えて笑みを浮かべ、つとめて何でもない風を装いながら、「いやね。ペンキを廃《よ》してからこっち身体《からだ》が鈍《なま》っていかんので柔軟運動をやっていたのだよ」と答え、膝《ひざ》を曲げて臑を両手で押さえたまま、ごろごろ床を転がった。妻は笑いもしないで、「変わった体操ですのね」と言うと、ビニール袋を持って風呂場《ふろば》に行ってしまった。

しめしめ上手《うま》くごまかしてやった。と、わたしはほくそ笑んだ、が、しばらくすると猛烈に腹が立ってきた。また苦労をしてしまったのである。これというのも、この頭のしぼみのせいで、頭がしぼんで皮が垂れ、頭髪が目に被《かぶ》って前がよく見えぬからこんなことになるのである。現にいまだって、こうやって寝転がっていると頭髪が頬にぐしゃぐしゃと密着して気色が悪いこと夥《おびただ》しい。そういえば、このところスパゲッティ、うどん、などの麺類《めんるい》を食した際、妙な味がするな、と思っていたが、それもこの頭皮の垂れが原因である。なんとなれば、いまこうやって床に転がって初めて判明したのだけれども、頬のあたりの頭髪は布海苔《ふのり》で固めたように固まっており、おまけに不快な腐敗臭を発しているのである。これは何を意味するのか。すなわち、頭がしぼんで頭皮が垂れたため必然的に垂れた毛髪が麺類と一緒にずるずる口に入っていたのである。ああ、むかつく。ああ、うっとおしい。自分はあわてて立ち上がり、そこいらにぶつからないよう、右手で髪の毛を摑《つか》んで垂直に引っ張りながら風呂場に走って行き、バケツに水をくんで、ビニール袋の中のほうれん草のごとき植物をバケツの中に放り込んでいた妻に声をかけた。

「おい」

はい、と振り返った妻は自分を見て言った。

「頭をどうかなさいましたの」

「どうかなさいましたとはなんだ」

「だって、それ」

と、妻は自分の頭の上のあたりを指さす。これは頭がしぼんで頭の皮が余り、毛髪が垂れて臭くてうっとおしいからこうしているのである。頭のしぼみという問題を抜本的に解決するには時間がかかりそうだから、とりあえず散髪をしてくれ、と、答えても良いが、しかし、先程の厄払いの失態もあるし、このうえ、頭のしぼみの事まで告白すれば、妻はどう思うだろうか。すぐに頭のしぼむ奴。みっともなく皮の垂れた珍妙な馬鹿夫。不具者。わたしは頭のことを隠して、ただ単に、「髪の毛が伸びて頬に垂れてうっとおしいのだ。散髪をしてくれ」と言った。

座卓を片寄せて、居間の中央に新聞紙を敷き、胡座《あぐら》をかいて座ったわたしは、不精者が仕置きを受けるような格好で首を突き出して妻に髪を切らせた。妻は正座して鋏《はさみ》を操っている。へっ、仲のいい夫婦じゃねぇか、なあ、おい、と、妻の顔を見ようと顔を動かすと、妻に、「あなたのように、そう、首を動かすと危のう御座います。少しは、じっとしていてください」と叱《しか》られ、仕方ないのでじっと下を見てるうち、だんだんと悲しい気持ちになってきた。下を向くと自然と目に入る新聞紙上には、某国の博士がクローン猿の実験に成功した、株価が大幅に下落した、首相が暗殺された、大規模な暴動が発生して人死が出た、などの記事、見出しが躍っている。その記事の上にわたしの髪の毛がばらばら落ちてきて、終いに記事は読めなくなったのである。五寸ばかりの、切りたてのわたしの髪の毛は真っ黒でつやつやである。もしわたしが林檎《りんご》の木かなんかであれば、地面から一生懸命栄養を吸って、幹が伸びて枝が伸びて林檎の実を生らせて、それが地面に落ちて、猿や熊《くま》がそれを拾い、旨《うま》い旨い、と喜んで実を食らうのだが、わたしときたひにゃあ、なんと無駄に生きているのだろう。肉や魚を食っても髪の毛が伸びるばかりで実ひとつ生らない。もし頭に実が生ったら妻に食わしてやりたいのに。猿や熊にも。ところがわたしの頭ときたら、実が生るどころか、どんどんしぼんでいくのだ。皮が垂れるのだ。まったくもって……。と自分の数奇な運命を呪《のろ》っていると、いつの間に刈り終えたのか妻の、「終わりましたわよ」という声がして、わたしは我に返った。慌てて、「いやあ、ありがとう。実にさっぱりしたよ」と、爽快《そうかい》な口調で言った。言ったつもりであるが、果たして妻にはどのように聴こえたであろうか。

熊や猿が林檎を食うところを想像したせいか、悲しみとは別に、わたしは突如として空腹感を覚え、妻に、「さっぱりしたところで飯にしようか」と言ったところ、妻は、「まだ灰汁《あく》抜きが終わりませんから、後、三時間待ってくださる?」と言うのである。そう言われるとますます腹が減る。頭の皮を押さえながら妻に、「なんで三時間もかかるのだ」と強い調子で言うと、妻は、

「だってかかるのですもの」と、理屈にならぬ事を言う。そんな馬鹿げた話はないので

あって、おそらく妻は、先程、バケツにつけていたほうれん草様の植物のことを言っているのだろうけれども、だいたい灰汁抜きなどと言うものは、竈《かまど》の灰を放り込む、酢水につける、さっと茹《ゆ》でて冷水にさらす、など、ものの二、三分もあれば済むもので、三時間もかかるなどというのは、妻の錯覚・誤解に決まっているのである。ところが妻は、三時間かかる、と強弁するばかりで、実に頑迷・固陋《ころう》加減。ただでさえ頭がしぼんでいるのに三時間も飯を食わせて貰《もら》えないのではやりきれぬ。わたしは妻に尋ねた。

「じゃあ訊《き》くがね、君がさっきバケツにつけていた葉っぱはいったい何なのだ」

「蒲公英《たんぽぽ》ですわ」

「蒲公英、ってあの黄色い花が咲く蒲公英か？」

「そう」

「あんなもの食えるのか？」

「天麩羅《てんぷら》にするとおいしいんですのよ。けど灰汁が強いんでよく水にさらさないといけませんの」

「八百屋で買ってきたの？」

「八百屋では売ってませんわ。わたしが摘んで参りましたの」

「なんで、そんな面倒なことをする。冷蔵庫を買ってやったんだから、鶏卵や畜肉を料理しなさい」

「卵も肉ももう無いのよ」

妻に言われて、慌《あわ》てて台所に行き、冷蔵庫の中を調べてみると、いままであれほどわたしを悩ませた鶏卵のみならず、肉も魚も野菜も何も入っていない、ほぼ絞り尽くされたチューブ山葵《わさび》、冷蔵庫用脱臭剤などがあるばかりで、醤油《しょうゆ》やウスターソースの丸い染《し》み、野菜の破片のひからびてこびりつく冷蔵庫内は白々と空《むな》しいのである。心に沁《し》みる光景である。

「とにかく僕は腹が減って三時間も待てないよ。出前を取るか、食料品を仕入れに行くかしよう」と、バケツを持って台所に戻ってきた妻に言ったところ、妻は意外なことを口にした。

「けど、もうお金がありませんわ」

あぱぱぱ。忘れていた。そういえば、このところお菓子の箱を全然調べていなかったが、ぬかった。あれだけ苦労して貯《た》めた金がこんなに早くなくなるとは思っていなかった。しかし、また金か。まったくもって、なにかと言えばすぐ金だ。金、金、金。ふっ、人間なんて浅ましいものだな。頭もしぼむわけだよ、しゃらくさい。と、また一段と頭がぎゅんとなるが、しかし、そのことよりも今はこの腹の減りを何とかしなければならぬ。わたしは一計を案じ、妻に命じて家中の、貴金属、時計、カメラ、鞄《かばん》、ライターなど金目のものを集めさせ、受け取ったものを整然と床の上に並べた。「これでお仕舞い」

と、小さな鞄を手渡す妻を傍らに座らせて、値踏みを開始した。

「これはなんだ」

「バッグですわ」

「君は僕を阿呆《あほう》だと思ってるのか。僕だってそれぐらいは分かる。どういうバッグか？」

と尋ねているのだ」

「シャネルのバニティーバッグですわ」

「なんだそれは」

「だからバッグなのよ」

「それは分かってる」

「じゃあなんですの」

「だからバッグなんだろ」

「そうですわ」

「それもキャネルの」

「シャネルです」

「うるさい、シャネル。そうシャネルのバッグ」

「ええ」

「そのシャネルってのはどういう意味だ」

「存じません」

「あっ、ごめん。怒ったのか」

「怒ってませんけど、あなたがあんまり分からないものだから……」

「すまん、すまん。いや、僕は、そういうものはよく知らないから。いや、そうじゃなくて、そのシャネルはいいのかい？」

「ええ」

「じゃあ、君、それ幾らくらいしたの？」

「二十五万円です」

わたしは驚愕《きょうがく》して頭が少し膨らんだ。あんな小さな鞄がペンキの日当に換算して約三十日分、二十五万もするのである。なめていることこのうえない。しかし、妻はいつの間にあんなものを買ったのであろうか。当然、わたしが買ってやったものではない。もしかしたら、わたしがペンキに行っている間に売春をして稼いだ金で買ったのであろうか。愛する妻が知らぬうちに売春。頭が膨らんで刈った毛がずるずる脳にめり込む。わたしは、妻が、売春して買ったと答えたら頭が破裂するのではないかと恐れつつ尋ねた。

「君、そんなのいつ買ったの？」

「あなたと結婚する前よ」

少し頭がしぼんだ。

そんなこんなで、鰓《えら》のように頭を膨らんだりしぼんだりさせながら値踏みを続けるうち、我が家にある金目のもの、すなわち、シャネルのバッグを筆頭に、ジュポンの金貼《きんば》りのライター、サファイヤの指輪、アラビアの衝立《ついたて》、鰐皮《わにがわ》の財布、象牙《ぞうげ》の七福神、ロレックスの時計等々は、なんと金高に換算して、ペンキの日当に換算して約五百日分、四百万円を超えているということが判明したのである。わたしは、私たち夫婦は富豪であったのである。四百万円。くらくらする。頭が膨らむ。わたしは今までなにを苦しんでいたのだろう。これらを売れば、最低でも五百日間は何不自由なく生きていけるのだ。知らなかった。妻はわたしと結婚する前にこの日あるのを期して、シャネルやサファイヤを密《ひそ》かに蓄えていたのだ。山内一豊の妻。ブラボー。ブラボー。わたしは勢い込んで妻に言った。

「よし、じゃあ行こう」

「行こう、って、あなた、どちらへいらっしゃいますの?」

「質屋に決まってるだろう。シャネルを入質するんだよ、な、これでもう苦労をせずに済むんだよ。総額四百万円の儲《もう》けだよ。よかった。よかった」と、妻を抱きしめたのだけれども、妻は怪訝《けげん》な顔をするばかりでちっとも喜ばないばかりか、

「質屋さんに行くのはいいけど、四百万円四百万円って、あなたなにをそんなに喜んでらっしゃるの?」と言うのである。

の困った特徴で、それは、妙に気取った小住宅の家を買って興奮している貧民の貧乏くさい意識、すなわち、お洒落《しやれ》な町、に自分たちは家を買ったのだ、と思いたがる攻撃的な住民意識によるものであって、それが証拠にこの界隈の住民の品性は、往来をしていれば人を押しのける、自転車で歩道を疾走して歩行者に激突して恬然《てんぜん》としている、など下劣そのもので、またそういう愚民が選挙をするものだから、行政組織の腐敗堕落ぶりも著しく、道路行政などこれ皆無で、歩行者すれすれに猛スピードで車が行き交い、人死がでないのが不思議、という体たらくである。わたしの怒りは極点に達し、大声でこの土地に対する怒りをわめき散らし、そして結局、我々夫婦は質屋を発見できず家の近くまで戻ってきたのである。

家近くの道。小学校の塀沿いの舗装が切れて露出したわずかな土のところに雑草が生えている。それら雑草に混じって、蒲公英があった。葉を摘まれて花ばかりが直立し、かすかに風に揺れていた。頭がしぼんだ。

家に帰って妻は天麩羅を拵《こしら》え、ふたりで食べた。

塩化ナトリウムをふりかけて。

6

もはや老境にさしかかった、灰色のシャーツに肌色のカーディガンを羽織った、いかにも因業《いんごう》そうな親父と、まだ二十代であろうことは、そのはりのある皮膚、稚気の残った表情・口調などから看《み》てとれるにもかかわらず、はやくも肥満し、因業の兆候を示し始めている、NEWYORKという文字が印刷された青いティーシャーツを着た息子。陽の射《さ》さぬ、静まり返った穴ぐらのような帳場であの父子はどのような会話を交わしているのであろうか。客のない平日の午前。「なあ息子」突然話しかけた父親に内心戸惑いを覚えつつも息子は、つとめて何気ない様子で答えるのだろう。「なんだい父さん」「おまえ幾つになったんだ」「二十八だよ、父さん」「そうか」父はそれきり黙ってしまう。それから約十六分三十秒ほど二人は沈黙し、今度は息子が突然話しかける。「なあ父さん」「なんだい息子」「失《な》くした、って言ってた老眼鏡出てきたのかい?」「出てこないよ」「じゃあ、困るだろ」「困るよ」「諦《あきら》めて新しいの買えよ」「ああ買うよ」と父親が言って、またしても会話は途切れてしまう。昼になると二人は出前を取って無言で食べる。店の奥は住居になっているのだけれども、父にとっては妻、息子にとっては母親に当たる女性は十年前に膵臓癌《すいぞうがん》で死んでしまったのだ。茶は父親が淹《い》れる。空になった丼《どんぶり》は息子がいい加減に洗い帳場の隅に置いたに違いない。気が滅入《めい》る。かかる気が滅入る空気の充満する質屋の店先で、親子の猜疑《さいぎ》と侮蔑《ぶべつ》の入り交じった視線に耐え、それでも当初の予定額を三万円ほど上回って、三十三万円を借り、逃げるように家に帰ったわたしは、さきほどから職業別電話帳を眺めてしきりに寝たり起きたりしている。というのは、この世の中には、実に様々の渡世があるのであり、めぼしいところを列挙しただけでも、洗い張り、居合道場、漆塗り、桶《おけ》・樽《たる》製造、芸妓《げいぎ》置屋、こいのぼり製造、人力車、釣堀、ドイツ料理、納豆《なっとう》製造販売、西陣織、ねじ製造、のれん、馬肉料理、屏風《びょうぶ》、舞踏、へび料理、まき絵師、みそ醸造、もやし、友禅染、ヨガ教室、など、世間の人というのはみな、わたしなどが思いもよらぬようなことをして飯を食っているのである。感心する。得心もする。しかし、なにもわたしは、自分の納得のために電話帳を眺めているのではなくして、つまり、座して食らわば山をも、というわけで、気が滅入る質屋で借りてきた三十三万円を資本金として、なにか自分にも出来そうな渡世はないものか、と電話帳を閲しているのであるが、しかし、そう思って見ると今度は、調理場で大蛇を抱えて途方に暮れているわたし、やったこともないヨガを汗をかいて近隣の主婦に説明しているタイツ姿のわたし、まあこんなものでいいだろう。はり混ぜの小屏風だ。などと完全な出来損ないの屏風の前で自分を慰めているわたし、客の乗った微動だにせぬ人力車をうなり声を上げて引っ張っているわたし、枯死して黄色くなったもやしの前で嗚《お》咽《えつ》号泣しているわたし、といった、具体的な局面に於《お》いての陰惨無慚《むざん》なわたし自身の姿が脳裏に浮かび、絶望的な気分になって、身体《からだ》を投げ出して天井を眺め、あっ、天井にずいぶん埃《ほこり》がたまったなぁ。いっぺん掃除せなあかん。などと、台詞《せりふ》を言って無理によそごとを考えるのだけれども、そのうち、なにが、あ、だ。全然、驚いてもいないくせに、あ、などと驚いたふりをするのは止《や》めろ。のんびりしていると三十三万円などじきになくなってしまうぞ。と、頭の中のもうひとりのわたしが言い、焦《あせ》ったわたしは、がばと起きあがると、再び、電話帳のページを繰る。ところが、何度やっても同じこと、そこには、ホルモン料理、刀鑑定、きのこ栽培、船舶整備、そろばん製造など、到底わたしには出来そうにない職業が列挙されているばかりであり、四度目に起きあがったわたしはついに電話帳を投げ捨て、サンダルを履いて表へ飛んで出た。こうして家で電話帳など眺めているからわたしは駄目なのだ。犬も歩けば棒に当たる。死にもの狂いで歩き回ればなにか仕事があるかも知れぬし、よしんば仮になかったとしてもだ、なにか良い思案が浮かぶかも知れぬではないか、と考えたのである。

　しかし、表へ出たには出たが、道中は苦難の連続で、家の近縁部のでたらめぶりは相も変わらず、不快感が募るばかりである。また、大型トラックが猛スピードで通り過ぎる、自転車に乗った市民がぶつかってくる、違法駐車の車両が行く手を阻《はば》む、などの住民による妨害行為もいっこうに収らず、怒りが噴出する。血圧がぐんぐん上昇する。しかし、挫《くじ》けてはいけない。わたしは負けん、絶対に負けんぞ、と火の玉になってずんずん歩いた。歩いたけれども、ちっとも棒に当たらない。当たってくるのは往来の不逞《ふてい》の輩《やから》ばかりである。しかし、負けてはいけない。わたしは歯を食いしばり、なお歩いた。

それでも棒に当たらない。それどころか、わたしの足が棒になってきた。そして徐々にわたしの心にめげが広がってきたのである。ここだ。ここが踏ん張りどころだ。このめげに負けるわけにはいかないのだ。わたしは負けんぞ。と、わたしはいつのまにか絶叫しながら歩いていた。

恐怖。恥辱。絶叫しながら歩いていたら、巡査に見とがめられ、交番所に連行されて、巡査三人に取り囲まれ、「なんだおまえは酔ってるのか」とか「家はどこだ。仕事はなんだ」と詰問《きつもん》され、「仕事を探していたのです」と、恥ずかしさと恐怖で狂いそうになって、真っ赤になって言い訳をしたのだけれども、巡査はなかなか許してくれず、さんざんに叱《しか》られてしまった。這々《ほうほう》の体《てい》で交番所を出て、それから、ああしまった。ああ恥ずかしい、という思いが頭の中に充満して、頭の感じがまた変になってきて、ふらふら歩くうち、花屋があったので、なんだか分からぬまま、みすぼらしい花を一輪買い、なんだか分からぬまま、その隣にあった蕎麦屋《そばや》にふらふら入っていった。

酒と蕎麦を注文して少しく気が静まった。我がことながら、さっきは少し冷静さを欠いていたように思う。人間、ただ歩けばいいというものではない。ときには休息も必要なのだ。無用に緊張して、ずんずん歩くことが問題解決になるわけがないのである。そればかりかああして巡査に叱られたりする。考えてみればこのところわたしの人生は緊張の連続であった。そうだ、わたしには休息が必要なのだ。と、改めて店内を見渡すと、わたし以外に客のない店内は、表の騒動が嘘《うそ》のように閑寂であり、テレビで一度取材されたためいい気になり客に威張り散らす親父もこの店にはいない。注文を聞きに来たのは、髪を茶色く染めた女子高校生とおぼしき純情可憐《かれん》な少女である。ね。静やかな場所で静やかに酒を飲む。こういう心のゆとり、これが大事なのであって、だからわたしはけっしてめげたのではなく、休息、憩《いこ》い、そういうことを求めて蕎麦屋に入ったのだ。正解だよ。そして、考えてみればこれまでわたしは現実に追われてあくせくするばかりで、かかる余裕・ゆとりを感じることがなかったのだ。だから僕は駄目なんだな、はは。と、わたしはさらなるゆとりを求めて、空になったお銚子《ちょうし》を追加注文しようと少女に声をかけようとした。そのとき。

　がらがらがら。乱暴に格子戸《こうしど》を開けて、十数人の、見るからに下劣な集団がどやどやと入ってきたのである。最初に入ってきた、下劣な集団の中でも最も下劣な赤ら顔の、しかし金のかかった身なりの男が、聞くに耐えぬ下劣な声で、少女に、「おっ一番乗りだよ」と言うと、扉のすぐ左手にいたわたしに一瞥《いちべつ》をくれ、「と思ったら違った」などと言いつつ、下劣な足どりで一同を先導して、奥の小上がり様の座敷に入って行くと、「ビール、ビール、ビール。ビール早く持って来いよ」と少女に怒鳴ったのである。すぐに訳の分からぬどがじゃがが始まった。それからその男の下劣ぶりはひどく、注文をするのでも、「あれもってこいよ、あれ」と怒鳴り、あれでは分からぬので少女が、「なんでしょうか」と訊《き》くと、「なんだっけ、なんでもいいや、とにかく早く持って来い」と言って、「うひゃひゃひゃひゃ」と下劣な笑い声を上げたかと思うと、今度は日本酒を注文する。注文するのはいいのだけれども、「熱燗《あつかん》」と叫び、「はい」と従順な少女に、「けどあんまり熱くするなよ。人肌だぞ。そうだ、おまえ裸になって、おまえの人肌で燗をしろ。うひゃひゃひゃひゃ」と笑うと、周囲の人間は、それに媚《こ》びるがごとくに同調し、いっせいに「うひゃひゃひゃひゃ」と笑い、男はますます調子づくのである。猥《わい》褻《せつ》な冗談を言われた少女は激怒し、「バカヤロー、オヤジの分際でつまんねぇこといってんじゃねぇよ、ぶっ殺す」と小声で言いつつ、奥に引っ込むと、奥から和服姿の年増《としま》がでてきて、「いらっしゃいませ。先生。もうお酒ですか」と挨拶《あいさつ》した。男は、「ママ。いたの。ありゃりゃりゃりゃりゃ。こないだ楽しかったね、温泉」と、気色の悪い猫なで声で言うと、周囲の奴輩《やつばら》は、「よおよお」などと囃《はや》したて、年増は、「まあ」と言ったきりまた奥に入っていったのだけれども、年増も少女も、男が次々に料理や酒を誂《あつら》えるため、その対応に追われきりきり舞いをしており、わたしはいつまで経《た》っても、お銚子のお代わりが出来ぬのである。また心が屈託してきた。面白くない。この店は客を差別している。そりゃあ、わたしは蕎麦と酒だけの儲《もう》からぬ客かもしらん、それに比してあの男は、来る度、そうとう金を遣う常連かも知らん。しかし、わたしだって客には違いないのだ。面白くないことこのうえない。それにつけても、先生だかなんだか知らぬが、かかる白昼に酒を飲んで騒いでいるとはいったいあいつは何屋だろうか。身なりや店の従業員、周囲の連中の口のきき方などから、儲かる商売であることは推察できるけれども、昼間から酒を飲んで遊んでいるのだから、へび料理や屏風でないことは確かである。ちょっと行って聞いてみるか、と、男の方を見ていると、年増が、蒸籠《せいろう》を下げに来たので、お銚子を追加すると、「騒々しくてすいません」と小声で言うので、「いや大丈夫だけど、あの奥の人、なんの商売の人なんですか」と訊くと年増は、「童話作家の船越三郎先生ですよ。このあたりでは有名な人ですよ」と言って、奥へ入っていった。その間にも船越は、「鴨鍋《かもなべ》、人数分持って来い、うひゃひゃひゃひゃひゃ」と料理を誂える。そうか。童話作家というのはそんなに儲かるものなのか。知らなかった。電話帳にそんな仕事は載っていなかった。騙《だま》された。童話といえば、すなわち、子供の読むおとぎ話、メルヘンである。マッチ売りの少女とか、白雪姫とか。わたしは、今度は本当に、あ、と思った。そんなんだったらわたしは童話作家になったろかしらん、と考えたのである。子供相手のメルヘン。いいじゃない。というのは、わたしには、どうも、さっきのこともそうだけれども、ひとつのことを考え出すと、その考えについはまってしまい、そしてその考えが頭の中でひとりでに発展していって、普段はそんなことはないのだけれども、つい他のことを考えられなくなってしまう、という癖、いわば空想癖のごときが昔からあって、このことは、いままでのわたしの人生における数々の失敗の原因となってきたのだけれども、メルヘン作家の場合、こういう空想癖というのは、むしろ、基本的な資質じゃないの、と考えたのである。つまり、わたしがいま現在こんな状態になってしまっているのは、わたしが自らの才能に気がつかず、ペンキや卵並べといった、まったく才能のない職業に従事していたからに他ならず、わたしは、もしかしたら、もっと早くにメルヘン作家になっていたら、大成功を納め、船越のごとくに、生活の苦労など微塵《みじん》もなしに、いい服を着て昼酒を呑《の》み、うひゃひゃひゃひゃ、と高笑いをしていられたかもしれぬのである。妻にだって苦労をかけずに済んだのだ。しまった。損をした。しかし、いまからでも遅くはない。そうだ。わたしはメルヘン作家になる。なってこます。決意、固まった自分は、かん冷ましをお銚子から直《じ》かにうぐうぐ飲んで噎《む》せたが、大丈夫。わたしはメルヘンに活路を見いだしたのだ。「うひゃひゃひゃひゃ」船越の高笑いを背に、「ははは、貴様はいまはそうやって笑っていればいい。しかし、わたしがメルヘン業界に参入したる今日《こんにち》、君はいつまでそうやって笑っていられるかな？」と思いつつ、払いを済ませて飛ぶように家にたち帰った。

妻は不在である。ちょうどいい。不言実行。これだ。男は黙ってメルヘン。わたしは、座卓の前に正座し、両の手を膝《ひざ》の上に置いて考え込んだ。

メルヘンを書くにあたっては、まず主人公、これを設定しなければ相成らぬが、わたしは、無難なところで、熊《くま》、それも小熊を主人公にすることにした。メルヘンは夢を描かなければならぬ。四十八歳の経理課長を主人公にしたりしたら、それはただの現実であり、企業小説もしくは不倫小説になってしまうのであって、夢もなにもぶちこわしだからである。だから、わたしは小熊。名前はゾルバということにしよう。踊りの好きな小熊のゾルバ、いいね、どうも。そのゾルバが、冒険旅行に出る。きっかけは、そう、村はずれに住む奇怪な老人に、世界の果てに勇気の泉があって、その泉のほとりに叡知《えいち》の石がある、という話を聞き、その石を手に入れたくなったゾルバは旅に出るのだ。そしてその道中に於《お》いてゾルバは、いくつもの村や町を通過し、悪や善に出会いつつ、見聞を広め経験を積み、逞《たくま》しい青年熊に成長し、やがて凶暴な人食い熊となって、人民を襲い猟友会の人に射殺され、ては駄目なのであって、だから、ゾルバは、叡知の石を手に入れることもなく帰国するのだけれどもだ、結果的には、そうして経験を積むことによって、勇気や知恵を獲得し、それまで踊りと歌以外になんの能もなかった遊冶郎《ゆうやろう》同然の馬鹿熊《ばかぐま》であったゾルバが、ちゃんとした社会性を具備するまでに成長する。妻子を養うことができる、ちゃんとした熊になる。ね、ここが大事だよ、ゾルバが成長する、これが大事なんだな。血湧《ちわ》き肉躍る冒険活劇譚《たん》・ファンタジー、その中に、教訓的部分が遺憾なく発揮されなければ、本は売れぬのだ、ね、子供は金をもっていない、買うのは母親だからな、ここが大事。わたしのメルヘンはそういうこともちゃんと入っている。

出来た。後は書くばかりである。

こんなことならいくらでも考えられる。これで金が手に入るというのにわたしはいままでなにをあんなに苦労していたのであろうか。

7

不言実行とは言い条、一応話しておこうかな、と、帰宅した妻に、「小熊のゾルバ」の構想を話して聞かせたところ、無言で聴いていた妻は、話し終えたにもかかわらず、なお黙っているので、たまらなくなってわたしは、「で、どう？」と訊いた。ところが妻は「どう？　って言われても別に……」と言って怪訝《けげん》な顔をするばかりでなにも発言しないので、わたしは苛立《いらだ》って、「だから面白いとか、面白くないとか、あるだろう？なんか言ってくれよ」と言うと妻は、「じゃあうかがいますけど、それはいったいなんですの？」と逆に聞き返してくる。聞いてわからんか。メルヘンや、メルヘン。と怒鳴りたいのを堪《こら》え、「これはメルヘンだよ」と優しく言ったにもかかわらず妻は、「あら、そうでしたの。ちっとも分かりませんでしたわ」と言い捨てて、洗面所に行って洗濯を開始したのである。いったいなにが気に入らぬのか。わたしだって努力しているのだ。そらぁ、多少のまずい部分はあるかも知らん。しかし、私は初めてメルヘンを書くのだから、少々のまずいところがあるのは当たり前だろう。そこのところを勘案して、もう少し心のこもった応接をしたらどうだ。助言をしたらどうだ。気色の悪い。気を悪くしたわたしは、「ちょっと行ってくる」と、今度は逆に言い捨てて家を出たのだけれども、あてどなく歩き回るうち、だんだん不安になってきた。妻のいつになく冷淡な態度が気にかかってしょうがないのである。いったいなにが気に入らぬというのだ。鶏卵のことで怒っているのか。わたしの頭の感じが変だからか。それとも、脇《わき》へおとこでもできたのか。などと思いは千々《ちぢ》に乱れ、めったやたらと歩き回るうち、右側に、いつも通っている道なのに、これまでついぞ気がつかなかった、引き込み線路があるのを発見した。引き込み線は雑草に埋まっていて、両側の木の柵《さく》は朽ち、もう何年も列車の往来は無いように見え、わたしは、また、あっ、と思ったのである。つまり、その線路が、わたしのメルヘン作家としての職業意識を刺激した、つまり、これは、この風景は、「小熊のゾルバ」で使えるかもしれないじゃん。と思ったのである。ゾルバの旅の始まりとして。つまり、村はずれの老人の家の裏に引き込み線路があって、ゾルバはその線路を辿《たど》ることによって旅を開始する。わたしはゾルバになった気分で線路の中へ入っていったのである。

気がつくと、あたりはもはや夕景。わたしは雑草で半ば埋もれたレールの上に倒れていた。中空に蝙蝠《こうもり》がひらひら飛んでいる。いったい、いつの間にこんなところに倒れ込んだのか訳が分からない。じんわり記憶を辿り、徐々によみがえってきたのは、そう、ゾルバは最初、線路沿いに、店舗とも住宅ともつかぬ、不気味な古家を発見し……、というシークエンスを考えながら歩いていたんだった、そうそうそう。ゾルバは勇猛果敢にも、正面の白いカーテンの掛かった三間のガラス戸を、ガラガラガラと開けて、その得体の知れぬ不気味な古家に入って行き、混凝土《コンクリート》の店土間《たたどま》を抜けて、左側の廊下とも部屋ともつかぬ、曖昧《あいまい》な四畳の板の間にあがって立ちどまったんだった。家の中には強烈な異臭が漂っていて、正面には、半間の開き戸と一間の引き戸があり、恐ろしくなったゾルバはうかうかとこの家に入ったことを後悔したんだ。で、なんだっけ。そう、右の部屋に神棚があることを、なぜかゾルバは知っていて、そしてゾルバには右の部屋はにおいの元でないことが、すぐに分かったんだった。そしてそのとき突然、「馬鹿、脳なし、馬鹿がびびっているよ」と、どこの部屋からか妻の冷淡な声が聴こえてきたんだ。くそう、気分が悪いなあ。確かに僕は無能な小熊だ。しかしね、僕だって努力しているのだよ。あはっ、脳なし、だって、なにをいう。脳がなくて人間が生きていかれるものか。それもいうなら、能無しだろう、まったくもって間尺に合わぬことを言う、でも、僕は確かに能無しだわな。そう、僕は能無しだ。確かに仕事をしないかも知れない、鶏卵を並べたりしてね。でもね、家庭がこんなに荒廃していては仕事なんてできないよ、だから雑巾《ぞうきん》を探しているのだよ、掃除をしようと思ってね。あはっ、仕事、ったって、私の仕事はメルヘンだがね。うふっ、ほら、さっきの店土間の一角をベニヤで仕切ったスペースね、あすこに置いてある娘の机、あすこが一番捗《はかど》るね。元来、僕はああいう風に、学習机やらクレヨンなんかが散らばってると駄目な筈《はず》なんだけど、この家の中ではここが一番ましなんだな。でも、いまは糞《くそ》だよ。やめてクレヨン。やめて。へなへなな。頭がしぼむ。たってしょうがない。娘の机が置いてある部屋もなんだか臭いし、うっかり、神棚の十畳や仏壇の十畳、二階の間《ま》に行って、妻に出くわすのも嫌だし、ああ、親分さん、親分さん、十手・取り縄をおけぇしします、って、僕は、店土間から、もう何年も引きっぱなしで、褪色《たいしょく》した白いカーテンを開け、ねじ鍵《かぎ》をきゅるきゅる開放して、いったん表通りへ出たうえで、右手の路地に入って、裏玄関から、普段使ってない路地に面して櫺子窓《れんじまど》がある薄暗い六畳に逃げこんで、かび臭い六畳間で息を潜めてたんだけど、奇妙なのは、襖紙《ふすまがみ》が破れて垂れ下がっているのは、妻があのようになり果ててからは、珍しいことではないのだけれども、前に襖紙を張り替えたときに、上から張ったのだろう、その下のよほど以前の襖紙があって、それが奇態なことに、癌《がん》、倒産、失明、競売、第二次抵当権、壊死《えし》、変死、発狂、呪詛《じゅそ》、自殺、地縛霊、祟《たた》り、なんて、不吉な文字が達者な筆跡で墨書してあって、それらが奇怪な記号によって、複雑に連結されていて、ところどころに朱色の墨で、「このパズルは成就《じょうじゅ》しない」と書いてあるのであったんだ。いったい誰がこんなことを、って、呆然《ぼうぜん》としていると、背後で妻の笑い声がして、驚いて振り返ると、「私はもう人間じゃなくなってしまっているのよ」と言ってにやにやしている。妻の足下に蓋《ふた》の開いた葛籠《つづら》が置いてあり、中には、瓶子《へいし》やら塗りの椀《わん》やらが、口いっぱいまで、ぎっしり入っている。さっきまでは確かにこんなものはなかった。妻が納屋《なや》から運んできたのか。「なんだ、それは」と、言うと、笑いやんだ妻は、それら食器類を鷲摑《わしづか》みにして、悲鳴を上げながら、壁にたたきつけ始め、さらに妻は、奇声を発し、畳の上を転げ回り、割れた食器の破片を腕に突き立てて、大声を発し、血だるまになってなお、にやにやを止めぬので、破片を取り上げ、「そんなことをすると痛いだろう。痛いことはやめろ」と、叱《しか》ると、妻は一瞬動きやんで、「ううん。こんなことをする前からわたしはもう痛いのよ」と、尋常の口調で言ったかと思うと、またにやにや笑いながら、わたしに殴りかかってきたんだった。そのときわたしは、役に入りすぎて、実際に、「あっ痛い」と叫んでしまったんだ。そうそう。ところがそう叫んだ瞬間、実際に頭脳に猛烈な痛みを感じてへたりこんだんだった。そうそうそう。と、やっとこさ、そこまで思い出して、がるるる、と唸《うな》りながら立ち上がって周囲を見渡すと、赤錆《あかさび》の発生した鉄骨が何本も斜めに交錯して両側から複雑に折り重なって、逆Vの字状に倒れていた。わたしはこの鉄骨に激しく頭部をぶつけたのだった。

いったい誰がこんなところに鉄骨を放置しておいたのか知らぬが、まったくもって馬鹿げた話もあったもので、わたしはメルヘンに夢中になり過ぎて頭蓋《ずがい》を鉄骨で強打して脳震盪《のうしんとう》を起こし昏倒《こんとう》していたのだ。しかもそのメルヘンさえ、中途から、設定上にないゾルバの妻が現れて、メルヘンにあるまじき暗い話になり果てている。馬鹿だよ、馬鹿。どうして、こう、やることなすことなにもかもうまくいかぬのであろうか。わたしは。わたしの場合は。わたしは、いま一度、線路のうえにへたりこんで考え込んだ。

三十分ばかり、廃線路に座り込み、日も暮れてあたりの様子もさっぱり分からなくなり、少しく肌寒くなってきた頃になって、うるおいかな、とわたしは思った。草の陰から見える近くの民家や四階建ての団地の窓から、蛍光灯のわびしい光と、テレビジョンの不分明な光が漏れている。世間はこの時間、一家団欒《だんらん》をしているのである。それにひきかえ、わたしたち夫婦はどうだ。生活にうるおいというものがまるでない。毎日の生活にあくせくあくせくし、ペンキをやったり卵を並べたり、終《しま》いには貧これ窮《きわ》まって野草を食ったりしている。こんなことだから、メルヘンを考えていても、つい陰惨無慚《むざん》な話になってしまう。挙げ句の果てには、ただでさえ普通でない頭を鉄骨で強打している。つまり、メルヘン作家たるもの、やはり、日常から夢のある生活、うるおいのある生活。これを送らなければならないのである。つまり、もはや、わたしに残された唯一《ゆいいつ》の、社会との微細な接点であるメルヘン、これを成就するためには、うるおい。すなわち、堅いばかりの論理一辺倒ではなくして、しみじみとした情感、人間的な情趣。これが大事だったんだ。そうだったのか。

大きく嘆息したわたしは頭上に注意して立ち上がり、うるおい、うるおいと念じつつ唱えつつ、もと来た道を戻っていった。帰途。猛スピードで走っていた車がカーブを曲がりきれず路肩を歩行中のサラリーマンにぶつかり、結果、その人は腰からもげた。しかしわたしはそんなことをいちいち気にしてはいられない。わたしはメルヘンを成就しなければならぬのだから。そしてそれは、具体的には、ゾルバの成長促進、その一点に尽きるのであり、いまや、ゾルバがわたしの命運を握っていると言っても過言ではない。ゾルバ、すなわち、わたしのこれからの人生なのである。わたしは、仮令《たとえ》、目の前で人が死のうとも、最終戦争が勃発《ぼっぱつ》しようとも、小熊のゾルバを書き上げなければならない。そしてそのためには、うるおい、これが必要なのだ。余のことを考えている余裕などいまのわたしにはない。とにかく、うるおい。

家のドアーの前に立ち、わたしは考えた。いま、わたしがドアーを開け、ただいま、と唱えるのはたやすいことである。事実、いままでわたしはそう言ってきた。しかし、それではうるおいに欠ける。しみじみとした情感、人間的な情趣を欠くのである。そこでわたしはドアーを開け、大声で、「ただ山今夫」と怒鳴った。げらげらげら。ただいま。といえば味もそっけもない帰宅の文言を人名になぞらえ、ただ山今夫。あっはっはっはっ。うるおいがある。これだよ、これ。我が家にはこれが欠けていたのだ。なるほど。と、玄関でひとり喜んでいたのであるが、そのうち、うるおいはなくなった。なんとなれば、うるおいは独力で達成されうる類《たぐい》の情趣・情感ではない。人の間と書いて人間。誰かこれを共有する者がなければ、人間的とはいえぬのである。この場合で言えば、間髪を入れず、玄関に出迎えた妻が、まじめな顔で、「丘エリ子」と言うべきで、妻がそう言った後、約二秒間沈黙し、突如爆笑、「ただ山今夫、丘エリ子、こいつぁいい」などと言い合って、互いの肩を抱き、身をうち震わせて爆笑しなければうるおいとはいえぬのである。しかし、まあ、妻はいまだ、うるおい、という概念を知らぬのであるから、丘エリ子が無理なのは致し方ない。が、それは仕方ないにしても、せめて出迎えて笑うくらいのことはしたらどうだ、と、ずんずん廊下を行くと、妻は台所で飯の支度をしていた。勢い込んで妻に、「今日からうちはうるおいのある生活をすることにしたかららね、君も心してそのつもりでいてくれよ」と言うと、妻は、「あら、お帰りでしたの。ちっとも気がつきませんでしたわ」と吐《ぬ》かすのである。夫が帰宅したのに気もつかぬ、というのは、愛が冷めた証左にほかならぬ。くそう、やはり脇に男が出来たのか。と、一瞬、気がおかしくなりそうになったが、駄目駄目。そんなことではうるおいのある生活は覚束《おぼつか》ない。わたしは、もう一度ゆっくり妻に宣言した。

「あのね、だから僕たちはうるおいのある生活を送るんだよ。そうすることによって愛も深まり、僕のメルヘンも成功するんだよ。君はまだ若いから分からないかも知れないけれどもね、いまにきっと僕の言うことが分かる日が来ると思う。だから、いまは僕の言うとおり、うるおい重視で日々、生活してくれないか」

こんなに情理を尽くして説明しているにもかかわらず、妻は、「よく分からないんですけど、わたしにどうしろと仰《おっしゃ》るんですの」と、頓珍漢《とんちんかん》なことを訊《き》いてくるので、さすがに腹に据えかねたわたしは、「だからぁ」と、やや粗暴な言辞で具体的な説明を開始した。

「君がいま作っているのはそれは何？」

「なに、って別に名前はありませんわ」

「名前がないわけないだろう。カレーとかスパゲッティとか、料理にはなんでも名前があるじゃないか」

「だって本当にないんですもの」

と、妻は声のトーンを高くするので、わたしは慌《あわ》てて妻をなだめた。こんな事でうるおいを無くしてしまっては元も子もない。

「ああ、分かった、分かった。ごめん、ごめん。いや僕が訊きたかったのはね。そういうことじゃないんだ。つまり、その料理、おいしそうだね。その料理の塩味が足りなかったとするだろ？」

「そんなことありませんわ」

「いやそうじゃなくて、僕は、これ、仮定の話をしているのであってね、君の料理がそうだ、と言っているんじゃないんだよ。ね。分かるね。仮定の話、これは仮定の話ね、もし塩味が足りなかったとするだろ。そのとき君は手が放せないとして、こうやって傍らに立っている僕、そのほど近いところ、ほら、ここにある、このお手塩皿を取って欲しかったとするよね。そういうとき君はどうする？　ちょっと、そのお手塩皿を取って頂戴《ちょうだい》、と言うだろ？」

「はい。申しますわ」

「僕が言いたいのはそこのところなんだよ」

「いったい何なんですの？」

「だから、そういう場合、犬も頑張れ、と、こういう風に言って欲しいんだよ。僕は」

「あなた、外で何かあったんですの？」

「なにもない。なにもないよ。頭を打って気が変になったとか、そういうんじゃないんだよ。つまりね、お手をしよう！」

「ええ」

「分かってくれたか」

「ぜんぜん分かりませんわ」

「分かりませんか。そうですか。つまりですね、犬にお手をしよう。ガッツでさあ、と励ます」

「もしかして、あなた冗談を仰ってますの？」

「そう。そうなんだよ。分かってくれたか」

「ええ、なんとなく、おぼろげながらに」

「つまり、そういうことなんだよ。うるおい、ってのはね」と、やっと妻が理解し、安心したら頭脳に痛みがよみがえるのを感じ、手で頭を押さえていると、妻が唐突に、「床の間の布袋様《ほていさま》にお着替えになって無職の反対になさいませ」と、訳の分からぬ事を言うのである。わたしは一瞬、ひとの苦労も知らないで何を訳の分からぬ事を言う、と嚇《か》っとなったのだが、ややあって、床の間の布袋様、つまり置物（お着物）に着替えて、無職の反対、つまり有職（夕食）にしろ、と、洒落《しやれ》を言っている妻の真意を了解し、すっかり嬉《うれ》しく、また、まずい洒落を一生懸命言っている妻がいじらしくいとおしく、これで我が家はうるおいに満ちた。とすっかり満足し、妻を固く抱きしめたる後、「このビーチ（はまち）は旨《うま》いね」「君もスコッチ（少し）飲み給《たま》え」などという、しみじみとした情感、人間的な情趣の横溢《おういつ》する夕食の膳《ぜん》についたのである。

差し向かいで。盃《さかずき》をやりとりして。

8

我が家はみるみるうるおいに溢《あふ》れ、人間的な情趣もみなぎって安楽で愉快愉快。などと喜んでいたのは束の間《つかのま》。そのうち困ったことが出来した。わたしは妻に怒鳴る。「パラグアイがウルグアイ」妻は答える。「ザンビアでもいたしましょうか？」「違う違う。僕はいま、マラカイボ油田なんだよ」「マーシャル群島でトルストイですか？」「馬鹿《ばか》、なにを言っておるのだ。ツルゲーネフの罐詰《かんづめ》だよ」「あなたの仰ることはさっぱり和歌山県ですわ」「君こそ、いい加減にシュバイツァー博士」一事が万事この調子で、妻とわたしのコミュニケーションは断絶状態となり果てたのである。我が家のうるおいは急速に減少し、人間的な情趣どころか、本能むき出しの動物じみた罵声《ばせい》が飛び交う、砂漠のごとくに乾ききった家庭となり果て、妻は「永井荷風」と言い捨てて家を飛び出たきり、もう十日も帰ってこないのである。

米がナイチンゲール。妻が居なくなってからというもの、日に何度か、凶暴な衝動がこみあげてくるにまかせて、わたしが破壊した、テレビジョン、蛍光灯、湯呑《ゆのみ》、ごますり機、オーディオ装置、布袋などの破片・残骸《ざんがい》が、居間から台所にかけて散乱しているため、足を切らないようにサンダルを履いて米の在処《ありか》を探して右往左往している馬鹿。それはわたし。でも米はナイチンゲール。足元がアルフレッドジャリ。うるおいがない。ピッツァの出前でも取るか。はは。馬鹿野郎。間抜け面《づら》してピッツァなんて食いてぇのかよ、おめぇはよ、はは、カトリックのくそ野郎が。イタ公の手先が。それだったらよ、駅の近くまで行けよ。そしたらよぉ、ふざけたイタリアン飯屋があるからよぉ。はっ。

船越三郎先生の童話教室って、カルチャースクール帰りの婆《ばばあ》が、「あら、うちの息子なんて塾もいってませんのよ」「あら、お宅の息子さんはできるんですもの。それでよろしいわ。うちなんか駄目よ。だから塾、二十軒通ってますわ」「あら、そう。じゃあ安心ね。うちなんかできないものだから家庭教師八百人雇ってますの。おほほほほ」「まあ、そうですの。おほほほほ」なんて、だべってるからよ、店内は98ホンあるよ。おめぇはその中で、その騒音の中で、真っ青な顔でピッツァなんてふざけた食い物を食うんだよ、な、ピッツァ。はは。みっともねぇことこの上ねぇぜ。おめぇはよ。はは、おめぇは、ぴゅっとげろを吐くぜ。はは、どうせ吐くんだったら、いま吐くか? ぴゅっ。ぴゅるる。

そもそも妻が家を出ざるを得なくなったその根本の原因は、わたしが家庭にうるおいを求めたからであるが、じゃあなぜわたしは家庭にうるおいを求めたかと言えば、小熊《こぐま》のゾルバを完成させて版元から稿料を受け取り、生活を立て直したかったからである。そして、なぜ生活を立て直したかったかと言えば、妻と安楽に、末永く、ともに白髪の生えるまで暮らしたかったからである。そして、そうなると、安楽なのだから、家庭内には自然なうるおいが生じ、わたしはますますメルヘンを書き、ますます安楽になって、もううるおいで辺り一面びしょびしょで、「おい、雑巾《ぞうきん》持っといで、あと酒五十本ほど燗《かん》して持ってきて、茶碗《ちゃわん》蒸し百ほどゆうてきて。はは、こらええ酒や。五臓《ごぞう》六腑《ろっぷ》に染《し》み渡る、っちゅうやっちゃ、はっはー」となる段取りだったのであるが、現実的には事態は逆へ逆へと悪循環し、家庭は砂漠化して、肝心の妻がいなくなってしまったのである。いったいなぜこんなことになってしまったのか。それはつまり、うるおいがいま実際そこにないにもかかわらず、ある人工的の力をもって、無理にうるおいを生じせしめよう、としたからであって、「おい今日からうるおいのある生活を送るから」なんていったわたしが悪かったのだ！　悪かった。心の底から悪かった。わたしは、自らの歌と踊りに自足して、まったく現実を知らぬ幼児的な小熊と御同様の、最低の豚野郎であったのだ。つまりだから、環境が悪いから仕事が出来ぬ、などと幼児的なことを言うのではなく、物事を動かす最初の力、それは、環境にそれを求めるのではなくして、わたし自身が無理にでもゾルバを書き上げることによってしか生じぬ力である、ということを知るべきであったのである。よし知った。わたしの頭脳の中のゾルバの成長と共にわたし自身が成長せんければ。よし成長しよう、そしてゾルバを書き上げたとき初めて妻と笑い合えばいいのだ。ともに手を取り合って白髪を生やせばいいのだ。決意したわたしは、とりあえず飯を食ったら、いつまで構想を練っていないで実作業、すなわちこれまでの構想を実際に書く作業をそろそろ行おうと、座卓の上に散乱していた細々《こまごま》した物を両手で床に払い落とすと、ノートブックと鉛筆を用意し、ふんふんいってしゃがみ込んだ。ところが、そうやって決意はしてみたものの、やはり駄目で、荒涼とした砂漠のごとき家にいると想念が暗いほう暗いほうへ傾き、ちっとも気分がメルヘン的にならぬのである。それればかりか、げろを吐いてしまうのである。しかし、わたしは決意した者である。ここで諦《あきら》めてはいけない。つまり、家で書けないなら、よそで書く。喫茶店でもいい。ホテルでもいい。考えて、わたしは、記念すべき小熊のゾルバの第一章を、そう、あの例の頭をうった線路の行き止まりの草むらに行って書き始めることを思いついた。あすこは、ゾルバの旅の始まりの場所である。さらにいい思案が浮かぶかも知れぬ。それに第一タダだし。ね。環境が悪い、などといわないで代案をすぐに出す。諦めない。ここいらへんがわたしの偉いところだな。つまり、わたしは以前に比べよほど成長したのだ。この分だったら大丈夫。わたしは、脱ぎ捨ててあったティーシャーツでそこいらのげろを拭《ふ》き、革鞄《かわかばん》にノートブックと鉛筆と鉛筆削りと消しゴムを放り込んだ。この革鞄は義父のアメリカ土産で、とても頑丈なので、机の代わりにもなるのである。準備万端整ったわたしは、スエードの靴を履いて、表へ出た。

これからわたしの旅が始まるのだ。わたしが人間に返るための旅が。わはは。

誰かこの勇姿を見る者はないか、と辺りを見回したが、陽が高い住宅街は静まりかえり、往来に人の姿はなかった。ごみ集積場でごみをあさっていた雉猫《きじねこ》がわたしの姿を認めるや、わたしを恐れたのか、姑息《こそく》な足どりで裏の駐車場へ飛んで逃げた。

わたしは彼に危害を加えるつもりはなかったのに。

鳩《はと》が多い。とりあえず何か食って、と、線路沿いを歩いていくと、いつのまにか隣の駅の近くまで来てしまっていたのであろうか、両側に小さな飲み屋、飯屋の並ぶ幅の狭いアーチのある通りが縦横に交錯し、さらに細い道が斜めに走る、無闇《むやみ》に鳩の多い一角を僕はうろついていた。僕のイメージははっきりしている。つまり、気楽にちょこっと一杯飲めてしゅっとなんか食える店。つまり、完全な飯屋でもなく飲み屋でもない、その中間くらいの気が利《き》いた家ということで、さっきから、そういう店を探している。ところが、その一角自体は大して広くないにもかかわらず、細道が多いため直線に直せば相当の距離があり、ということはその両側にはかなりの数の店舗があるにもかかわらず、約半数の店は表の戸を材木で打ちつけてあって休業状態なのと、残った半数のうちの半数も表札、看板の類が出ていない、つまり、まだ店を開けていない、さらに、わずかに営業している店はどれも、どうも、わたしのイメージにそぐわないというか、しゅっとしない、などの事情から、ぐるぐる歩き回るうち完全な夜になってしまったのである。さっきまでは鳩が、店の軒先や看板、電線などにびっしり止まってこちらを見おろしていて、気色が悪いくらいだったのに、その鳩の姿すらはっきりしなくなって、黒い影のようになっている。暗い街灯が青く茫《ぼう》とにじんで、早くしねぇと駄目だ。こんなところをいつまでも彷徨《ほうこう》していては駄目になってしまう。と思って僕は目の前にあった、「婆《ば》太郎《たろう》」という名前のべとべとするような店に入った。僕の座ったテーブルに、無言でよろよろ近づいてきた髭《ひげ》の濃い婆《ばば》に定食と酒を注文すると、ややあって、婆は、丸い透明の瓶に入った酒と変な赤い色の得体の知れぬ煮魚とキャベツの味噌汁《みそしる》と外米の丼飯《どんぶりめし》を運んできた。しょうがないので、薄暗い蛍光灯の下、赤いテーブルの上で、僕は定食を食い酒を飲んだ。あろうことか旨《うま》かった。わたしは婆に八百八十八円を支払って表へ出た。婆はなにかごちゃごちゃ言ったがなにを言っているのか分からない。たぶん礼を言ったのだろう。酔いが回ったのか、それとも、道が斜めに交錯しているためか、方向感覚の失調に見舞われた僕は、何度か角を曲がるうち、贖罪座《しょくざいざ》という映画館の前に立っていた。左右に開け放たれたガラス戸には、ははは、こら素人《しろうと》仕事だな、ガラスや下の壁に大きくはみ出して、オリーブのペンキが塗ってあるのだけれどもペンキはところどころ剝落《はくらく》しており、女の人が半裸体で恍惚《こうこつ》の表情を浮かべているポスターは衝撃的な字体で、「淫《いん》乱《らん》王女・アブノーマル調教」というタイトルが印刷してある、ポスターの印刷は雨に打たれて褪色《たいしょく》しており、ガラスケースの中に白黒のスチール写真が入っているのだけれども、カメラマンがへたくそなのか、それとも映画そのものが面白くないのか、ただ男女が任意の一点にたたずんでいる、ということ以外、なんら感知できぬ不分明な写真が入っている、といった、典型的の場末の映画館である。いったい誰がこんな映画を見るんだろう。と思いつつ僕は自動チケット発給機に千円札を押し込み、売店で塩豆とワンカップを購入して、べとべとする扉を押し、ああ、ああ、という絶叫の漏れてくる暗闇に入っていった。

暗闇の中に妻。スクリーンの中で妻は、苦悶《くもん》とも喜悦ともとれる表情を浮かべ大写しになっていたのである。吸い殻で一杯になった灰皿、雑誌類、ハンガー、ビール瓶、紙屑《かみくず》、乱れた衣服、茶碗、炊飯器などが散乱する、畳のけばだった六畳の和室で妻は見知らぬ男と男女のことを行っているのである。いったいいつの間にこんなことをしていたのだろうか。妻は僕と結婚する前に映画女優をしていたのか？　それとも、このところ妻は留守がちだったけれども、それは、この映画の撮影のためだったのか？　くわあ、僕が働かぬから映画で稼いでいたのか。くわあ。僕は脂汗《あぶらあせ》を流した。勃起《ぼっき》した。カップ酒を飲んだ。

画面が切り替わり、包丁を持った妻は正座している。男が敷き放しの布団《ふとん》の上に立ちつくしている。男は脂汗を流している。股間《こかん》が膨らんでいる。男が不器用に台詞《せりふ》を言った。「ばっ、馬鹿。なにをするんだ。やっ、やめろよ、おい、やめろよ」また画面が切り替わって、大写しになった妻は暗闇の中の僕をしっかり見据え、言った。「殺して、ねぇ殺して」ぐぐぐ。僕は席を立った。もしそのとき、僕を注視しているものがあったとすれば、映画のあまりの陳腐さ加減に愛想が尽きて席を立ったように見えたかもしれない。僕はきわめて緩慢な動作で席を立ったから。しかし、僕の心の中にはとてつもない疾走感が充満していた。そういうとき、実際の動作はかえって、ゆっくりして。心のスピード感が身体《からだ》を引っ張っている、みたいな。

僕は、ゆっくりと、しかし、凄《すご》いスピードで表へ出た。

いつの間にか流れていた涙で目がかすみ、青いネオンがますますにじんで、訳も分からずずんずん歩いていくと、婆太郎の角の電柱のところで作業服を着た太った男が立ち小便をしながら、こっちをじっと見ている。行き過ぎようとすると男が小便を続行しながら僕に声をかけた。「兄ちゃん、ごっつい目ぇしてるなあ。ポン射《う》ってんのちゃうか？」

男の顔には覚醒剤《かくせいざい》中毒患者特有の表情が浮かんでいた。ぴゅっ。ぴゅるるる。またげろだ。なぜだろう。僕はメルヘンに向かぬのだろうか。いや、そんなことはないのであって、船越と遭遇した際、そこのところは確認したはずで、僕はメルヘン、すなわち、イメージを限りなく飛翔《ひしょう》させ、夢のごとくに、美しい話を考えるのが好きなのだ。ところがいざ実際にやろうとすると暗くなってしまう。ちっともメルヘンって感じにならぬのである。これどういうこと？　つまりじゃあ、それは僕の人生そのものが暗いからか。それはそうだろう。確かに妻は逃亡し、家庭は砂漠化している。しかし、それは、そのことのすべての原因はこの僕が、嫌がる妻にうるおいを強制したことに端を発しているのであり、メルヘンがうまく行かぬ理由をそのことと結びつけて考えることは僕はしない。決意もしたし。それに有名な童話作家であるところのアンデルセン、あの人だって、家は貧乏、本人は不細工、爺《じじ》いはガイキチ、母親はアル中、という陰惨無慙《むざん》な家庭に育って、名作を書いたのだ。つまり、個人的に悲惨な奴《やつ》であればあるほど、そいつは、現実の悲惨さから目を背けたいわけだから、空想の世界では、楽しく、美しい話が書けるのである。つまり、浮世の苦労はメルヘンの種ともいえるのだ。だから、そういう面から見ても、いま現在の僕の状況は、メルヘンを書く条件が揃《そろ》いすぎているくらいなのである。ところがやってみると、げろ。なぜだろうか。これでも現実の苦労が足らぬというのか？　そんなんだったら、もうわたしは怒る。わたしはゾルバを止《や》めたくなったよ。ぴゅっ。ぴゅるるる。またげろだ。なんだこの変な赤いげろは。馬鹿野郎。そうだ。ゾルバなどやめてしまえ。なにが成長だ。痴《し》れ者が。僕はこのまま腐り果ててやる。下司《げす》の中の下司。外道《げどう》の中の外道となって、世の中にげろを吐き続けてやる。呪詛《じゅそ》と憎悪《ぞうお》をまき散らして、一月元旦《がんたん》に赤の他人の家の門松の前で野垂れ死んでやる。ぴゅるる。

ゾルバを止める、と決意してしまうと、わたしは急に解放されたような気持ちになり、また同時に、頭の中の冷静な部分で、これでもうわたしは人間の世界には一生戻れないんだな、という気持ちにもなって、冷やっとした感覚が体の中にみなぎり、それら相反する気持ちに決まりをつけるようにわたしは勢いよく立ち上がった。

ぐわっ。

決意空《むな》しく、わたしは再び草むらにしゃがみ込んでしまった。また鉄骨で頭を打ってしまったのである。

わたしは低くうなり声を上げ、透明の涙を流して、げろまみれの草むらを転げた。

9

いひひひ。不貞。

玄翁《げんのう》、バールといった専門の道具がないので、通常の家庭用の金槌《かなづち》とドライバーを用いて、苦労に苦労を重ねた揚げ句、ついに破壊し終わった冷蔵庫の残骸《ざんがい》を前に、ふうふういっているときにかかってきた、「あなたちっとも病院に来てくださらないんですもの」という、何事もなかったかのような、甘えるがごとき、妻からの電話。その直後に送信されてきた、どうも妻の筆跡には見えぬ病院の地図付きのファクシミリを懐《ふところ》にわたしは家を出た。いひひ。子供。子供が生まれた、というのである。つまり、妻は、永井荷風、と言い捨てて家を出たのではなくして、出産のために家を出たというのである。そうだったのかあっ。と喜ぶほど、わたしは甘ちゃんではない。簡単に言うとこれは、わたしを混乱させるための妻の計略であって、つまり、はは、女の浅知恵とはこのこと。つまり、妻は誰か他の男、たとえばあの映画の男の子供を身ごもり、それをごまかすために、芝居をうったに違いなく、あっ、そうかっ、そういえば、このところ態度的にもおかしかったもの。なるほどね。よし、君がそういう態度なら、騙《だま》されたふりをしてこは一番、化けの皮を剝《は》いでやる、と、わたしは、果物籠《かご》および花籠を購入してペンキ以来初めて、電車に乗って四駅先の山の上の病院に出かけていったのである。わたしは、「君、だっ大丈夫かい?」などと、初めて子を持つ父の典形的の醜態を演じ、妻は、「ええ、あなた」などと空々しい会話を白い病室で交わすのだ。くくく。花籠と果物籠。ああ。ああ。それがわたしの復讐《ふくしゅう》だ。わたしはその入院費や不義の子供の養育費を、やはりメルヘンで賄《まかな》うしかないのだ。小熊《こぐま》のゾルバで。いひっ。それが僕の君への愛だ。嫌な愛だけどね。そのためだけにわたしはゾルバを書く。いひひ。わたしは、笑いながらチケットを購入し、笑いながら改札を通って、笑いながらホームに立って電車が来るのを待った。

　程なくして、モハ・タハ、などと意味不明の文句が書いてある電車がやってきて、わたしは電車に乗り込んだ。わたしは扉のところに立ってぼんやりと表の風景を眺めていた。しばらくいくと、地上を走っていた電車は、こういうのをなんというのだろうか。逆土手とでもいうのかい。つまり、空濠《からぼり》の中を電車が走っていくような案配。往来の者は、空濠の上の橋を歩く。なんでそんな面倒なことをするのか。つまりこれは、電車が地上を走っていたのでは、その電車に乗る者はいいが、線路を横断しようとした場合、非常に面倒であるからである。だから鉄道会社は気を遣って空濠を掘ってその中に電車を走らせているのである。しかし、どういうわけか、わたしの住ま居いたしおるところの駅周辺は、空濠になっておらず、線路は地上を走っていて、このことによって住民は大難儀をしているのである。だから鉄道会社はさらに近代的な方法、すなわち、高架を拵《こしら》え、その電車を走らせる新機軸を打ち出し、この工事を進めようとしている。考えてみれば、これほど便利な方法はないのであって、こういうことを考える奴は、まことにもって頭のいい野郎だ、と言いたいところではあるけれども、そうでない、ぜんたい、こんなことは三尺の童子でも考えつく理屈であって、じゃあなぜ、全線を通じてこの方式を取らなかったのかと言えば、これはわたしの推測だけれども、つまり鉄道会社がここに電車を走らせようと思いたった、その当時は、経済的の、或《あ》るいは技術的の障害があってこの方式を取らなかったと思うんだな。わたしは。そして、その後、時代が進んで、いま、人民の幸福のためにその便利な方式が実現せんとしているのだ。にもかかわらず、いま現在、工事すら始まっておらず、電車は相も変わらず、わたしの近所では人民の難儀をよそに地上を走っているのである。なぜか。わたしの住まいするあたりの不快な風土をささえる、一部の頑迷固陋《がんめいころう》・因循姑息《いんじゅんこそく》の愚民・頑民どもが、あろうことか、人気取りに狂奔する下劣な代議士どもと結託して反対運動を展開しているのである。つまり、そういう高架のごとき効率主義は、景観を損ね、伝統を損ね、文化を損ねるというのである。なにを吐《ぬ》かしやがる、土民どもが。いったい、あの町のどこに、景観や伝統や文化があるというのだ。しらばっくれ野郎。町を歩くのは命がけだ。事実、妻は以前、踏切近くで死亡事故を目撃したという。文化だと、馬鹿野郎《ばかやろう》、蕎麦屋《そばや》で船越がのさばっているような文化がどこにある。そしてわたしはメルヘンを書けないでいるのだぞ。全体的にクソだ。ごみ溜《ため》だ。人命を尊重しろ。普通の飯屋をつくれ。あほが。あほどもが。せめてこのような空濠であればなあ。と、わたしは土手を眺めていた。土手には躑躅《つつじ》などの草花が植えてあって、いまはそうでもないが、もうすぐすると綺麗《きれい》な花が咲くのであろう。メルヘン的である。そしてまた、やや先に、若草摘みであろうか。傾斜のきつい土手に、赤いセーターを着た太った母親が二人の幼児を伴ってたたずんでいるのが見えた。これもまたメルヘン的だな、と思ってみていると、どうも様子が妙で、母子は争っているように見える。やがて母は、いやがる子供を無理に引きずって土手を駆け下りだしたかと思うと、三人はもつれてひと固まりになって土手を回転しつつすべっていき、切り立った混凝土《コンクリート》の線路側壁の縁のところで、ぽーん、と跳ね上がって、ちょうど向こうから走ってきた電車の前に激突して見えなくなった。ふぁーん、と警笛が鳴ったのにもかかわらず、車内の乗客でこれに気づいた者はない。わたしは俳句を作って精神の平衡を保とうとした。しかし、出来なかった。わたしはこれまで俳句を詠《よ》んだことがない。いくら惨劇を目撃したからと言って、俳句はそう急に出来るものではない。じゃあメルヘンは？　えっ、てめえ、どうなんだよ。できるのかよ。えっ？

新生児室とあるガラスの向こうで真っ赤な顔をして母に抱かれていた子供は実に不細工であった。男児だという。男のお子様。和子《わこ》さま。こんな顔をしていては将来ろくなものにならぬにきまっている。わたしはこんなものを何十年も養っていかねばならぬのだ。馬鹿馬鹿しいことこのうえない。馬鹿馬鹿しいといえば、この病院がまたふざけている。山を切り崩して建てたのか、一階正面が地下ともいえるし、最上階、たって三階なんだけど、が一階ともいえるひとをおちょくったような建物で、こんな病院で生まれたというだけで、その将来は確定したも同然。ちんぴらやくざ、詐欺《さぎ》師《し》、麻薬密売人、にせ金つかい、ドサ芸人、ポン引きあたりが、まあ穏当なところだろう。わたしはつくづく虚脱して、演技をするのも馬鹿馬鹿しくなり、「名前、お考えになっておいてね」などといっている妻に、素で「ちょっと煙草《たばこ》買ってくる」と言ってそそくさと新生児室を出た。わたしは、そこいらをぶらぶらした。三階の出口を出た左側は山。正面は、きっと山を切り崩したのであろう、広い駐車場になっていて、朽ちた小屋や、倒壊したテント、干上がったプール、意味不明の銀色のポールなんかがあって、じつにざっ風景。ところが右側の斜面は、ははは、庭だよ、庭。あちこち竹でまあるく囲ったなかに庭木を配置し、ほどよきところに石の灯籠《とうろう》や石の布袋《ほてい》を置き、それらをじぐざぐ縫うように石段が拵えてあって、中途には池まであるというのに、おそらく院長のぼけが、元来、庭園の維持管理に遣うべく計上された予算を個人的に費消、具体的には、毎晩、白いメルセデスベンツに乗って、フィリピンパブに出かけていっては、得体の知れぬ酒に酔いしれ、女の身体を撫《な》でさすりつつこれを口説き、「おとさんよっぱらいだけ」などと罵倒《ばとう》され、にやにや笑う、などに費やしているのであろう。庭園は荒れ放題に荒れ、弁当殻や空き罐《かん》の詰まった白いビニール袋、土埃《つちぼこり》で灰色になったのが、ほうぼうに散乱し、庭木は獰猛《どうもう》な雑草に侵食され、石段は崩落し、石灯籠や布袋は転倒し、池の水はすっかり濁って、たがめやぼうふらが繁殖しているのである。わたしは石段の降り口のところに約四分間立ちつくし子供の名前について考えた。遠くに富士山が見えている。蠅《はえ》がわたしを慕うかのように顔の辺りにぶんぶん蝟集《いしゅう》する。遠くには汚い道に車のフロントガラスがときおり光る。木々はそよとも動かず、青い空に嘘《うそ》のように張り付いている。

わたしは、くつ、と発音してみた。

「靴」ははは。子供の名は「靴」ははは。いいね。「靴」ははは。「靴」「靴」何度も「靴」と発音して笑っているうちに、蠅が凄《すご》いことになってきて、わんわんわんわん気色悪くてしょうがないうえ、なんだか強烈な耐え難い異臭が漂ってきて、それは徐々にひどくなって、やがてそこに立っていられないくらいになったので、しょうがねぇ、わたしは病棟の方へのろのろ歩いた。さっき出てきた三階玄関の脇《わき》に、建物の裏手へ回るじめじめした小径《こみち》がある。なんとなく妻と靴のところへは戻りたくない気分のわたしは、「こっちはだらなっているだらう。ひとつ見物してみやうじゃねぇか。おお、さうじや」と、台詞《せりふ》を言いながら、緩やかな下り勾配《こうばい》の小径を降りてった。じめじめしたような裏手へ回ると、鉄の支柱に波トタンの雨避けを張った通路が続いていて、右手になんだか胸騒ぎのするような陰気なプレハブ小屋があった。戸が開いていたので中を見ると、蓋《ふた》が開いた棺が二つあって正面に祭壇があってしおれた花と水の入ったコップが置いてある。水の表面に虫の屍骸《しがい》が浮いている。床に古い血痕《けっこん》が散らばっている。霊安室。右の棺は空であったが、左の棺の中には、目を見開き、歯を食いしばり、無念の表情を浮かべた女が横たわっていた。恨みをのんで死んでいった女の屍骸は新しく、いきなり立ち上がって、わたしにつかみかかって来そうな気配。理不尽にもたまたま通りかかったわたし、妻、靴の三人を呪《のろ》っているのである。呪われているのも知らないで、新生児室でばぶばぶやっている妻と靴を見捨てて、わたしは、殺気を背後に感じながら左手の裏玄関から病棟に入り、一階正面玄関から、タクシーに乗って駅まで逃げた。頭の中に、「わたしはおまえを呪う」「わたしはおまえを呪う」「わたしはおまえを呪う」「わたしはおまえを呪う」「わたしはおまえを呪う」「わたしはおまえを呪う」「わたしはおまえを呪う」「わたしはおまえを呪う」という甲高い女の声が、執拗《しつよう》な3/4拍子でなり響いて、やれなかった。やれん。ほんと。

帰りの電車は空《す》いていたので、腰をかけて油断なくあたりに気を配っていると、次の駅で粗末な衣服を着たカップルが乗り込んできて、わたしの正面の座席に並んで腰を下ろした。おそらく、新婚生活を開始するに当たって、どこかのバッタ屋で炊飯器を購入した帰途なんだろう、十二万五千立方センチメートルほどの段ボール箱を膝《ひざ》に乗せている。床に置くのがもったいないほど嬉《うれ》しいのだ。炊飯器が買えて。男のほうが段ボールに印刷された説明書きを読んで、いちいち女にこの炊飯器がいかに素晴しいかを誇らしげに説明し。女はいちいちうなずいてにこにこ笑っている。差し向かいでおまんまを百万回食ったところで、減価償却できぬ陰気な呪いがあるのも知らぬのだ。いひひひ。

わたしはあの陰気な呪われた病院もろとも妻と靴を爆破して、メルヘンもなにも止《や》めて、青い空の果てで粉々になってしまいたい。いひひ。いひひひ。

10

いつも夕方だったんだけど、以前、よく通っていた道。わたしはいったい何であの道をよく通っていたのだろうか。線路の高架があって、いつも薄暗くて、高架の下をくぐると両側に違法駐車のジャガーやマスタングがあって、通行人と車がジグザグしていたのさ。肉屋がコロッケを揚げて売っているかと思えばその隣は印刷屋。その隣はパンクショップで、その隣はソープランドだった。馬鹿げた通りだ。わたしは、その馬鹿げた通りを、いつも背嚢《はいのう》を背負って暗い気持ちで歩いていたんだな。重い気分で。なにやってたんだ。わたしは。あの背嚢にはなにが入っていたのだろうか。すっかり忘れちゃった。ただ、忘れられないことがひとつあるんだな。これが。つまり、あのコロッケ屋やらソープランドやらを通り抜けると、片側一車線の街道があって、その街道で道は終わり、はは、T字路、ちゅうやっちゃね、右か左にいかんならん。わたしはいつも左に曲がって、それでその先、どうしたんだろうか。電車に乗ったのかも知れない。ポルノ映画を見たのかも知れない。自転車泥棒をしたのかも知れない。まるで覚えちゃいないや。まるで覚えちゃいないけれども、あの突き当たり、街道の向こう側に飯屋があったな。あの飯屋の屋号は覚えてる。ペプシコーラの商標が書いてある軒先の錆《さ》びたブリキ看板に、「家庭の延長」と書いてあったんだ。はは、家庭の延長だとよ。笑わしやがる。あはは。家庭の延長、つまり、この店に入った人は、あたかもそこが家庭であるがごとき気分でリラックスして飯が食える、というんだろ、はっ、馬鹿馬鹿しい。ごろつきが。「秋田の叔母さんがうちの墓に入りたいといってきてるんだけど、あなたどう思う？」「門のとこのアルミの戸ぉがぐらぐらやからそろそろ修繕せんといかん」「結納は当然倍返し」「あんな、お嬢さんもろたらえらい目に遭うわ。それ、昔からよおゆうやろ、婿《むこ》は座敷から貰《もら》え、嫁は庭から貰え」「卵を古い方から使えゆうてるやろ」「しまった。祝《しゅう》儀袋《ぎぶくろ》と香典袋を間違えた」「なんでいつまでもクーラーが故障したままなんだ。さっさと修理屋を呼べ」「またカレーか」などと、客、従業員入り乱れて議論しながら、焼き鯖《さば》や焼麩《やきふ》入り味噌《みそ》汁《しる》やつくねや食パンを食うのか。あほ。もしなんだったら、わたしの家庭も延長してみたらどうだね。はは。家庭の残骸だよ。お茶がないから、あるかもしれないけど、どこにあるか分からないからお湯だよ。電話やテレビや湯呑《ゆの》みが粉々だよ。微笑《ほほえ》みながら、お湯だよ。お湯だよ。と、わたしは「お湯だよ」「お湯だよ」と、無理に微笑んで繰り返し台詞を言うのだけれども、いっこうに、小熊のゾルバにたどり着かない。つまり、メモね、メモ。小熊のゾルバを一気に片づけてしまおうと、メモを取っていたのだよ。わたしは。わたしの場合は。つまり、いま一度整理すると、ゾルバ、当初、森の広場で踊ることを正業としていたゾルバは、ひょんなことから、妻が怪しげな祈《き》禱《とう》僧《そう》と密通し、呪いによって、我が子が殺されていたのを知る。我が子の腐乱死体を発見しショックを受けたゾルバは、家を捨てて旅に出る。行き止まりの草むらから秘密のトロッコ列車に乗ったゾルバは、青の国、鳩《はと》の町を旅して、そこでポルノ映画に出演する妻と遭遇して、げろを吐き、久しぶりに家に帰る。妻は不在で、ある日手紙が来る。妻は、出産のために入院していて、子供が不細工でゾルバは絶望して、電車の中でカップルを殴って男の前歯が折れて次の駅で逃げて、って、あっ、これはわたしか。えっ？ どっから、僕だったっけ。ゾルバの妻ってなんだっけ。ええっと。あっ、また、なんだ爪《つめ》をかんでしまっている。これは、この癖はそう、ソープランドの隣に映画館があったんだな、それで、そこの支配人がわたしのことを好きだったんだ。ホモで。で、わたしはただで映画館に入れたんだった。そのころは映画、すっげぇみた。喜劇とか。そいで、そのとき観《み》た映画の二枚目の主人公が、よく爪嚙《か》んでて、あれから癖になったのであった。って、そんなことはどうでもいいのであって、つまり、ゾルバが、家庭の延長に入っていく。って、違う。それは、さっき思い出してたんだな。そう。ええ、あの頃、僕は、って、なんでそんな必要が生じたのか、そうだ、ゾルバが、旅路の果てに銀行員になって、銀行員、たって、ゾルバには学歴もないわけだし、硬貨のぎっしり入ったビニール製の黒いボストンバッグを持って、近所の小店を回って両替とかそんなことやってんだよな、預金して貰《もら》おうと思って。サービスで。けど誰もゾルバに預金しない。そいで、その業務の一環で、夕方、家庭の延長に行ったとき、麻薬で頭がおかしくなった妻と邂逅《かいこう》して、わたしはついビールを飲んでしまって、そのことを支店長のフナコシに密告されて、ってとこを考えていたんだった。メモしてたんだった。だから家庭の延長が、って待てよ、で、いま、ゾルバが家庭の延長で酒を飲んでいるシーンがありありと頭に浮かぶけど、わたしはなんで、家庭の延長を知ってんだったっけ。あの頃、わたしは家庭の延長に入ってませんよ。くく。妻と行ったのか。そうかあ？　行ったかあ？　猫がいたんだよな。確か。で、急ブレーキをかけたんだ。妻も僕も。道路は五メートル幅の快適な道路で、妻は銀の新しい自転車。僕はグレイの不細工な自転車に乗っていて。両側は草地で天気が良くて車も来なくて。僕と妻は笑いあったんだった。立ちすくんでいる鯖のような模様の猫の顔がおかしくて。自転車に乗って二人で走っていることがとてつもなく愉快で、麻薬がすっかり抜けた妻は、ちょっと青ざめていて、だけどとても美しかった。僕たちはすぐに走り出した。僕も黙っていたし、妻も黙っていた。僕と妻は青と緑の単純で抽象的な世界ですっかり幸せだったんだ。しばらく走ると、サンチュ畑の中にぴかぴかの百貨店があって、僕たちは自転車を降りて中に入ってった。僕たちはエスカレーターに乗って上へ上へと上がってった。僕にちょうどいい背広があった。妻にちょうどいいブーツがあった。僕はボールペンを買って妻は安い指輪を買った。眺めのいいレストランがあって、中に入ると客は僕たちだけで、僕は黒ビールとサージンを頼んで妻は青いカクテルを頼んだんだった。僕たちのテーブルに陽が斜めに差し込んでいた。さっきの指輪はめないの？　と訊《き》くと妻は、「まだはめないの」と言い、カクテルをひとくち飲んだ。僕はさっき買ったボールペンで紙ナフキンに、この午後が永遠に終わらなければいい、という意味の詩を書いて妻に渡した。詩を読んだ妻はにっこり笑って、小箱から取り出した指輪をはめた。妻は、別の色のカクテルを頼んで、僕はまた、黒ビールを頼んだ。僕は、また、この午後が永遠に終わらなければいい、と思ったのであった。（了）

わたしは完成したメモを手に家庭に立っていた。
ひとりで。たったひとりで。

11

掃除もすっかり行き届いた。丸い卵も切りよで四角、たって、家庭の家具調度も、また、家庭を家庭たらしめる隣家との壁も、だいたいが直線をもって構成される以上、そのような配慮は無用。最後にわたしは、矩形《くけい》の座卓を細心の注意でもって、その一辺が壁に平行するように、右から左から、前後から左右からチェックしつつ微調整を繰り返し、やっと満足して、座卓の長い方の辺に着座した。うん、大丈夫。ここからみても平行。平行。永遠に交わらぬ二本の直線。それが平行。わたしの家庭の座卓とわたしの家庭の壁は平行です。このように、なにもかもがうまくいく。記録用のカメラも大丈夫。きっと大丈夫だ。きっと。きっと。必ずや。と、わたしは立ち上がり、残り少ない金子《きんす》のほぼすべてをはたいて購入した、微細な字で、無量寿経が記してある夫婦茶碗《めおとぢゃわん》を桐の箱から取り出し、座卓の上に並べて置いた。適度に冷ました薬罐《やかん》の湯を朱泥《しゅでい》の急須《きゅうす》に注ぐ。これも安くなかった。中のお茶も安くなかった。ここまでやっているのだから、ここまでやっているのだから、きっと、きっと、必ずや、大丈夫に違いない、と、わたしは、思いたい、と、まず、大きい方の蓋を取って、茶を淹《い》れた。駄目だった。淹れた茶を捨ててもう一度やった。駄目だった。ちっとも茶柱が立たぬのである。しかし、わたしは負けない。きっと、きっと、必ずや、この二つの茶碗、夫婦茶碗に二つながら茶柱を立ててみせる。わたしは負けない。茶柱。頼むよ。立ってね。茶柱。

わたしは夫婦茶碗に茶柱を立てる。

立ててこます。

人間の屑《くず》

1

風呂《ふろ》から上がってビールを飲み、「巨大烏賊《いか》の逆襲」というテレビ映画を見ていたところ、だしぬけに仲居が部屋に入ってきて、烏賊の酢味噌和《すみそあ》え、烏賊のフライ、烏賊ソーメン、なんて烏賊ばかり、不足たらしい顔で座卓の上に並べるので、その手元を黙って眺めていると、「今日はお客はんたて込んで往生したわ。ちゃっちゃっと片づけとくなはれや」と、紺色の民芸調暖簾《のれん》をかき分けて婆《ば》ぁが顔を出した。「ああ、吉田さん、チェリーの間でお客さん呼んではりまっせ」と仲居に声をかけ、「ええ、ええ」と曖昧《あいまい》な返事をして出てった仲居を見送ると婆ぁは向かい側にだらしなく座り、「ああしんど」と、ばたばた団扇《うちわ》を使い、それから自分の方をじろりと見ていった。「なんや、早よ食べなはらんかいな」食べなはらんかいな、と言われても、自分は朝からなにもしておらず、元来、食欲のないところへさして、板場の都合なのか、このところの、毎日毎日の烏賊責めには、さすがの自分もへこたれる。その上ですよ、おい婆ぁ。僕はいま、「巨大烏賊の逆襲」という醜怪な烏賊の活躍する映画を見ているのだよ。湯上がりに。ビールを飲んで。丹前姿で。それでもやはり烏賊ですか。そうですか。やるなあ。婆ぁ。やるよ。って、自分はのろのろ箸《はし》を使ったが、やはり食が進まぬのは、「巨大烏賊の逆襲」

のせいばかりではなく、例えばこの部屋のたたずまい、場の感じ、がやりきれぬというのもあって、つまり、この欅《けやき》の座卓、茶簞笥《ちゃだんす》、柱時計、花柄のポット、急須《きゅうす》、扇風機、鍋敷《なべし》き、民芸調の暖簾、銀行名の大書してある暦、健康雑誌、畳の上に直《じ》かにおいてある金庫、といった、六畳の座敷いっぱいに充満する婆ぁ感に自分は、なにか追い立てられるような気分になり、傍目には、朝風呂丹前、昼寝、宵寝の合間に風呂に入って酒を飲んで烏賊を食う、って、のんびりしたもんだが、心の内では、いつまでこんなところに居られねぇ、早く何とかしなくちゃあ、と、焦《あせ》りに焦っている、という一事が根本にあるからでもあり、だから、ふっ、じゃあ、試しにこの「巨大烏賊」をやめてみようか？　ほら、消した。ほらね。わーい、おいしそうな烏賊フライだ、食べよ。食べよ。てなことにはならぬ。それどころか、団扇をばたばたさせながら、じろじろこっちを見て、またなにか暑苦しいことを喋《しゃべ》っている婆ぁの存在感が際《きわ》だつばかりで、ますます烏賊を食うのが嫌になる。しょうがないので自分は、飯を廃《よ》すことにして、「ごっさん」と口の中で曖昧に言い、「もうよろしいのんかいな。食べんと体に毒だっせ」と婆ぁが怒鳴るのに、「ああ、もういいよ」とますます曖昧に呟《つぶや》き、まだ婆ぁがなんか言ってるのを無視して、廊下の反対側、仏壇や按摩《あんま》チェアーなんかの置いてある四畳半のサイドボードからブランデーのボトルとグラスを取り出し、隣の六畳の自室に行って、襖《ふすま》を閉めて敷きっぱなしの布団《ふとん》の上にひっくりかえった。

ははは、障子があって縁側があってガラス戸がある。おかしくもなんともないが、婆ぁは鬱陶《うっとう》しいし、飯は烏賊ばかりだし、起きてたってしょうがねぇ、或《あ》いは生きてたってしょうがねぇ、本日もまた宵から自分自身を強制的に終了してしまおう、ってんで、自分は腹這《はらば》いになってブランデーを飲んだのだけれども、飲んでも飲んでも終わらねぇ、それどころか、俺は一生ここで婆ぁと二人で暮らすのか？　俺はこんなところで婆ぁと喧嘩《けんか》しながら腐っていくのか？　これが俺の青春か？　くそう、頑張って生きてきたのに。だいたい、あれだ、あの焼き鳥と串《くし》カツが失敗だったっていうか、まあ、あれはいいとしても、片山の餓鬼があんなもん置いてかなきゃ、今頃は、あんた、いい調子だったんだよ。腹たつなぁ、もう。なんて、考えてもしょうがねぇ詮無《せんな》き考えが、頭ン中を回転し、飲むにつけ頭が痺《しび》れるように冷たくなって、寝られやしねぇや、こっちはよお、って、また、グラスにブランデーを注ごうとすると、わあっ、貧すりゃ鈍す、藁《わら》打ちゃ手ェ打つ。もはやボトルは空。あすこに確かまだ何本かへぇってた筈《はず》だけれども、わざわざ立ち上がるのも面倒くせぇ、ひとつここは一番、回転式でいってこましたろかい、と、寝ころんだままごろごろ襖のところまで転がり、襖を開けて上半身ばかり薄暗い四畳半に突っ込んでサイドボードに手を伸ばした。うぐぐ。届かねぇ、後、二寸やな、くっ、この按摩チェアーが邪魔で、って、逆海老《ぎゃくえび》状に反り返って手を伸ばしたがまだ届かない。もはやこれまでか。やはり二本の足で立たねば無理かっ。と、自分も一瞬、弱気になったが、なにくそっ、と歯を食いしばり、精神一到何事かならざらん、くるくるくるくるっ、と気合いとともに手を伸ばしたところ、なんとか、ガラス扉の丸いつまみに指がかかったので、これを摘《つま》んで引っ張って戸を開き、うぐ、うぐぐ、って海老反り、内部に手を伸ばした。もうちょっとだ、もうちょっとだ、と自らを励ましつつ、腕をいっぱいに伸ばしていると、突然、抵抗がなくなって、腕が急激に右に振れ、サイドボードは、ぐらりと前方に傾斜したかと思うと、がらがらがしゃん、という音響とともに、その内容物をぶちまけながら自分の上に転倒した。つまり、九〇度の角度で開いたガラス戸に密着していた自分の二の腕の部分には、てこの原理でいう支点に相当する力が掛かっており、あんまり力を込めたものだから、ガラス戸の蝶番《ちょうつがい》がその力に耐えきれずに破損して、ガラス戸は一二〇度の角度に開いてしまい、支点を失った自分が咄嗟《とっさ》に棚板の前方を掴《つか》んだため、天板の上に木彫りの熊、こけし数点、南部鉄瓶、蓄音機などの雑多ながらくたが積んであり、その重量によってもともと不安定な状態であったサイドボードは前傾し、ついには転倒してしまったのである。

カナカナカナカナカナカナカナカナカナ。蜩《ひぐらし》が涼しい声で鳴いている。サイドボードの下敷きになったまま、自分は暫《しばら》くじっとしていた。じっとしていてつくづく思ったのは、後悔先に立たず、ということである。最初から手間を惜しまず、立ち上がって、すたすたと歩み、どおれ、これがブランデーですかな？　おっと違った。これはこけしで御座ったよ、という風にしておればかかる憂《う》き目にあわずともこれ済んだ訳で、わずかの手間を惜しみ寝たまま酒を取りに行こうとするからこんなことになる。ね。だから、自分はそういう横着なことをしないで、これからは、いくら、面倒だな、手間だな、と思っても、なるべく立って歩くようにしよう、なんてなことを、いま思ってももう遅い。もう、こうなってしまっているのだから。こういうことをさして後悔先に立たずという。だから、あの串カツ、じゃない、「母性の車海老」を、もうちょっと真剣にやっていればなあ、なんて思ったところで、サイドボードの下敷きになっているいま現在、それは思うだけ無駄というものである。それに考えてみれば、後悔する値打ちもない、というか、真剣もなにも、だいたいからして、自分が、「母性の車海老」という芝居をやろうとした、その動機そのものがふざけているのである。映画学校を卒業して……、って、考えてみれば、どこまで元を辿《たど》っていっても自分のこれまでの人生たるや、腹這いになって酒を取りに行くの感があって慄然《りつぜん》とさせられるが、この映画学校というのも腹這いで行ったようなもので、高校三年生の夏、父親が頓死《とんし》して葬式やなんかの手伝いに来た親戚《しんせき》の娘をつい魔がさして犯してしまい、少しく面倒くさいことになり、しょうがねぇ、どっか遠くの学校に入っちまおう、ってんで、参考までにと、同年の久米夫《くめお》という定食屋の息子に、おめぇ進学どうすんだ？　と訊《き》いたところ、東京の映画学校に行く、というので、じゃあ小生も、なんて、ごくいい加減に決めた学校であって、自分としては、別に映画学校でも、ビジネス学校でも、犬の美容師養成学校でもなんでもよかった訳で、つまり、はなから真面目《まじめ》に勉強する気などさらさらなかったのである。芝居だってそうだ。そんな調子だから映画学校を卒業したからといって、映画の仕事に就くわけではない、引っ越し屋のアルバイトをしたり、それもすぐめげて母親に金をせびったり、なんてなことをしながら、しかしまあ、このままのらついているのも芸がない、ひとつ映画学校卒という経歴を発揮して映画でも撮るか、なんて、同じくアルバイトをしながら東京に残ってた久米夫に声をかけ、居酒屋で相談、とりあえず、お飲物は？　って訊く店員に、とりあえずビールで様子を見るか。てったのと同じ調子で、映画は金もかかるし回収も難しい、ここはひとつ、いま少し予算規模の小せぇ芝居、演劇、ってのをやって様子をみるか、なんて始めた腹這い芝居である。それから久米夫と二人で、鰺《あじ》のたたきかなんか食いながら、店員にボールペンを借り、チラシの裏に口をついて出るあら筋を書き留め、醬油《しようゆ》の染《し》みのある紙をひねくり回しながら、「なんでこんな馬具商なんてなのがここで急に出てくんだよ。話がつながんねぇじゃねぇか」「じゃあ、こいつはこの色気のある女の妄想ってことにしよう」「けどよ、この手伝いの娘、ってのと論争するじゃねぇか、これはどうなんだよ？」「そらおめぇ、この手伝いの娘、ってのが実は色気のある女の娘で気が狂ってんだよ、遺伝で。だから妄想と論争する」「でもそうすっと、歳《とし》があわねぇんじゃねぇか？　娘ってのは幾つだ？」「十八」「色気のある女ってののは幾つだっけ？」「二十八」「駄目だな」「先妻の連れ子、ってのはどうだい？」「それじゃあ遺伝しねぇじゃねぇか」「だから、先妻も気が狂ってた、ってことでいいんじゃねぇか」「じゃあ、この黒崎って奴《やつ》の女房はみんなきちがい、ってことに……」「いいんだよ、蓼《たで》食う虫も好き好き、ってことでひとつご理解いただいて」などと台本をでっちあげ、題して、「母性の車海老」それから、河岸《かし》を変えてバンドマンもどきやグルーピーもどき、ジャンキー、本業はプッシャーの自称イベンターなどの集まる「生畜座」という店に行って、屯《たむろ》ってた御連中に、「明日から芝居やるんだけど出ねぇ？」と、声をかけ、「いいよ別に、暇だし」、と答えた閑人五名を役者ってことにしたのであって、こんな体たらくでうまくいく訳がない。それでも最初のうちは自分も張り切って、開店前の生畜座を借りて稽古《けいこ》、ってんで、「そこの、『RVが主役の首都プノンペンで』って台詞《せりふ》はもうちょっとゆっくり言ってくんねぇか」なんて演出家の真似《まね》をしていたのだけれども、程なくして、役者は時間通りこなくなり、ばらばらやって来たと思ったら酔っぱらってたりキメてたりで、こっちも次第に、そうして演出家の真似をしていること、それ自体が馬鹿《ばか》らしくなり、じゃあ、まあ、とりあえず最初からやってみるう？ なんていい加減になってきて、稽古はちっとも進まない。そんなこんなでだらだらするうち、どういう訳か全員集合した日があって、てんでに雑談していると、石屋で働いているアングって男優が、「俺は気功術を知っているから立っている人に手を触れることなしに吹っ飛ばすことができる」なんて突飛なことを突然いい出すので、みな口々に、「そんな馬鹿なことがあるものか」と笑ったところ、アングは、「そんなことはない。俺は以前からある気功師の元に通い、このところでは修行も大分に積んで、そういうことができるようになったのだ」と言い張ってやまぬので、「じゃあやってみろ」ということになって、エクちゃんという淫乱《いんらん》の女優を立たせ、全員でグラス片手で見守る。アングは精神を集中してエクちゃんに掌《てのひら》をかざす。二、三分見守ったがエクちゃんはぽかんとしているばかりで微動だにしない。そのうちエクちゃんはげらげら笑いだし、みな一斉にアングを罵倒《ばとう》して、アングは、「おっかしいなあ、飲んだからかなあ」などとぼそぼそ弁解して気功術はそれきりになった。つまり、アングの気功術は一見、利《き》かなかったようにみえた。しかし、本当は利いていたのである。確かにエクちゃんは飛ばなかった。ところが、アングの修行が未熟なせいか、方角が違っちゃって、他でもない、この自分に利いてしまったのである。アングが精神を集中し、ふむむ、と力を込め始めるや、自分の頭脳の中に黒雲の如《ごと》きなにかがもくもくと湧《わ》き上がり、ある瞬間、ぽん、という音がして、自分の中にかすかに残っていた、やる気というやる気、気力という気力が完全に喪失してしまったのである。自分は久米夫に、「やっぱりやめますか?」と、相談を持ちかけた。ところが久米夫は、それは叶《かな》わぬ、なんとなれば、この時点で初日は十日後に迫っており、既に新宿の貸し劇場を予約してしまっている以上、公演を中止した場合、キャンセル料は100%であり、チケットの払い戻し等も含めて、大損害を被《こうむ》ることになるというのである。わちゃあ。って頭を抱えるうち、芝居はぜんぜん出来ていないにもかかわらず、とうとう、明日は初日、ってことになってしまい、みんなで劇場に集結し、とにかく嘘《うそ》でもなんでもいいから舞台を飾ろう、ってんで、ペンキとベニヤ板を買ってきてみんなで思い思いに色を塗った。しかし、碌《ろく》に打ち合わせもしないで始めたものだから、ある者は色とりどりの抽象的な模様を描き、ある者はバカボンのパパやニャロメを描き、ある者は猿や草亀《くさがめ》の絵を描き、またある者は、贔屓《ひいき》のロックグループのグループ名や、寿司《すし》食いてぇ、などといった落書きを書くといった有り様で、全体の統一というものがまるでない。塗り終わった時点でみなの心は沈んだが、見ようによっちゃなんか意味あるように見えなくもねぇこともねぇこともねぇみたいな感じって感じぃ？と、自らを慰め、釘《くぎ》を打ったり針金で吊《つる》したりするのが面倒くせぇので舞台背面に斜めに凭《もた》せかけ、ちょっとまだ寂しい感じがするね、ってんで、往来へ出てマンションのごみ捨て場などから、テレビ、自転車、薬罐《やかん》、脚の取れたダブルベッド、電気ストーブ、テディーベアー、花輪、看板、幟《のぼり》、ドッジボールなどのゴミを拾ってきてペンキを塗りたくり、そこいらに程良くあしらったのである。見るも無惨《むざん》な舞台装置である。

そんなこんなでなんとか初日を開けたが、当然のごとくにもう舞台は壊滅的で、例えば、

——さ、お母さん、もう私どもだけの夜なのよ

という台詞の後、ト書きには、色気のある女は手伝いの娘に手を取られて狼狽《ろうばい》する、とあるにもかかわらず、もともと演技というものができない訳だから、ただ台詞を棒読んだばかりで突っ立っている。しかし、脚本というものは俳優のその演技の部分も計算に入れて書いてあるのであり、観《み》ている方は何がなんだかさっぱり分からない。また、なにか音楽がないとまずいだろうと、家にあったカセットテープをごそっと持ってきてかけたのもまずかった。俳優が各々《おのおの》台詞を覚えていないものだから、例えば、

——君、君、あなた、そこいくあなた、下駄を履いて洋服姿の、そこのゲタフクさんと呼びかけられた役者が、相手役の台詞尻《せりふじり》、ゲタフクさんという言葉をまるで覚えていない。覚えていないのだったらいっそ、相手役の台詞をくってしまってくれた方が、まだとんとんいっていいのだが、自分の台詞もまともに覚えていないので、えーっと、なんて、奇妙な間《ま》が出来る。それへさして、ローリングストーンズやクラッシュ、レゲエやワムなどが大音響で流れ、何を考えているのか、舞台に立っている役者、芝居を忘れてすっかり素に戻り、雁首揃《がんくびそろ》えて、ビートに乗って、足をとんとんやり、首をうんうんやっているのであり、その様はまるで、阿呆《あほ》が麦踏みの稽古をしているようである。そして、芝居はフェイドアウトするように、曖昧《あいまい》かつしりすぼまりに幕切れを迎え、なにがなんだか分からないまま初日の舞台は終了した。

素面《しらふ》では恥ずかしくて見ておられぬので、自分は途中から脂汗《あぶらあせ》を流しつつウイスキーをがぶ飲んで、終わった頃にはすっかり酔っぱらっていたが、ここにひとつ、深刻な問題が持ち上がった。客が全然来ないのである。いや、全然、ってわけではない、来るには来た。しかし三人である。切符は一枚二千円、これでは丸赤字である。資金約三十万円は、すべて自分の懐《ふところ》、すなわち母親の懐から出ていたが、こんなことでみすみす三十万円をどぶに捨てるのはあまりにも惜しい。久米夫となんとかなんねぇかと知恵を絞った揚げ句、会場で串カツとビールを売ることにした。客の数が少ないのだから、客一人についての単価を上げようという作戦である。もちろん通常の宣伝もやることにして、紙に、劇団フェイドアウト旗揚げ公演、坂本清十郎作・演出、「母性の車海老」過激ギャル総出演、串カツ・ビールありマス、とマジックインキで書き、中央にエロ本から切り抜いた女の人が喘《あえ》いでいる写真を糊《のり》で貼《は》って、これをコンビニエンスストアーで一千枚コピーして通行人に配布したのである。そして二日目の幕が開けたところ、宣伝の甲《か》斐《い》あって客は十五人に増え、劇場は一気に活況を呈した。ところがその日は芝居どころではなかった。串カツをなめていたのである。久米夫と自分はその日一日、串カツづくりに忙殺され、それでも手が足らぬので出番のない役者が会場の片隅で肉を切ったり串を打ったりとてんやわんやの大騒ぎで、客にすれば、さっきまで舞台に立っていた俳優が手を粉だらけにして、カツを揚げているのだから劇的興奮などあったものではない。

しかし、芝居が面白くないのが幸いして、退屈した客に串カツとビールは大いに売れ、また、酔っぱらった親爺《おやじ》客の、「姐《ねえ》ちゃん、脱げ、脱げ」という声援を受けた、これまた串カツ作りの合間に盗み飲んだビールで酔っぱらったエクちゃんが、即興で衣装を次々脱いで踊る演芸を披露しこれが受けておひねりが乱れ飛び、この日は、ビール代豚肉代粉代などを差し引いて三万円ほど儲《もう》かったのである。そしていよいよ千秋楽、芝居は三日目と相成って、昨日の成功に味を占めた我々は、もっと儲けようという欲のせいで、全員一丸となり、新たに、当劇団の看板女優、エクちゃんこと榎本《えのもと》久美子のトップレスショウ！　の文字を書き入れたチラシを一千枚、朝からみんなで配布し、日本酒、焼き鳥、おでん、豚汁などの新メニューも用意し、アングがギターを弾いて、舞台はエクちゃんのひとり舞台、後はみんな飲み屋を担当し、この日も二十人近く客が来て、自分もビールやジンをがぶ飲みながら、卓上焜炉《こんろ》の前に陣取って焼き鳥をばたばたやっていたが、なんだか急に自暴自棄《じぼうじき》になって、「もうこうなったらやけだ、焼き鳥を食いたい野郎は勝手に焼いて食いやがれ、銭なんかいらねぇや、飲み放題食い放題のただだ、演劇なんか二度とやるものか、馬鹿野郎、ざまあみやがれ」と叫んで、終《しま》いには、なんでも乱酔して大暴れしたらしいが、その日のことはそこまでしか覚えていない。翌日、劇場の人に叱《しか》られて、そいで、劇場の設備を破損した、とかなんとか難癖つけられて余計に金を取られて、えらい損、って、思いだすにつけ情けなく、後悔先に立たずという言葉の意味を何度も何度も噛《か》みしめていると、いつのまにか蜩《ひぐらし》が鳴き止《や》んで、なんの音もしねぇ、自分は、首ばかり動かして辺りを見渡し、「なんだ、もう暗ぇじゃねぇか」と言ってみた。言ってみたけれども、腹からそう思って言ってないので、自分で聞いてもとても白々しい。そこで今度は、「なんだまだ明るいね」と言ってみた。同じことである。その後自分は約七分ほどそのままじっとしていた。

2

このところ自分は楽しみを得た。というのは、ああいうのをなんていうのだろう、リバーシブルじゃないな、飯を裏返しちゃっちゃあ、こぼれてしまう。一石二鳥、じゃねぇし、とにかく、自分にとっては朝飯、婆《ばば》ぁにとっては昼飯、って、なんだかわからねぇ、婆ぁと差し向かいの気まずい飯を食って、婆ぁが渡り廊下を渡って旅館の方に行ってしまうと、自分にはもうなにもやることがない。点《つ》けっぱなしのテレビをぼんやり眺めていたところ、寄席《よせ》の中継が始まって、出てきた落語家がとぼけた口調で、「人間、楽しみがなかったら生きててもなんの楽しみもない、てなことを申しますが……」と言い、客がどっと笑った。ところが自分はおかしくもなんともない。実にその通りだと思うばかりである。そして自分はこの言葉を聞いたことによって二つの悟りを得たのである。というのは、仮にいま、楽しみを苦しみと置き換えて、人間、苦しみがなかったら生きててもなんの苦しみもない。と言ってみたとする。その言葉を聞いて、実にその通りだと思うかといえば、それはまるで思わない。なんとなれば、人間というものは、おぎゃあ、と産まれたその瞬間から、生老病死、愛別離苦、怨憎会苦《おんぞうえく》、求不得苦《ぐふとくく》、五蘊盛苦《ごうんじょうく》などの四苦八苦を背負って産まれてきたのであり、苦しみがない人などこの世にただの一人もないのであって、その、苦しみがなかったら、という前提条件がまず絶対にあり得ない前提条件だからである。それとは逆に、楽しみのない人はこの世にごまんといるわけだから、人間、楽しみがなかったら……、という文言は自分の心をうつ。普遍性があるということだね。自分はこれを聞き、「そうか、自分がこれまで生きてきてもちっとも楽しくなかったのは、なんの楽しみもなかったからか」という第一の悟りを得、次に、こうして、東京で宿なしとなって婆ぁの温泉旅館に逼塞《ひっそく》している自分は、当初、世間の人は楽しくやっているというのに、自分ばかりが婆ぁに小言を言われながらかかる僻地《へきち》であたら若い命を腐らせなければならぬのだ、とひがみ、苦しみを感じていたが、その苦しみを除去しようとするのではなくして、考え方を変え、進んで楽しみを求め、これを得れば生きていて楽しくなる、という第二の悟りを得たのである。そこで自分は、直ちにテレビを廃して、楽しみを求めてそこいらをうろついてみたところ、果たして自分はこの地にある楽しみを見いだしたのである。

婆ぁ、すなわち自分の父親の母親、の温泉旅館というのは父親の生家ではない。婆ぁがまったく腕一本で買い取った旅館である。話によるともともと爺《じじ》ぃと婆ぁは泉州に住んでいたらしい。ついでに言うと爺ぃの家というのが、先祖に貴族院議員で子爵《ししゃく》だった人物がいる名門らしく、父親が大学で知り合った母親と結婚する際、その実家が遊郭であるということに爺ぃも婆ぁも大いに不満を抱いて文句たらたらだったらしい。ついでのついでにいうとこの婆ぁというのが、京都から爺ぃのところに嫁に来たらしいが、とんでもねぇことに公家《くげ》の出だというのである、いまだに飯の際など、四畳半に置いてある仏壇の、まるで三文役者のプロモーション写真のようににやけた顔で笑っている父親の遺影をちらちら見やりつつ、ほんまにこの子もしょうむない、遊郭の娘みたいなもん勝手に貰《もろ》てしもて、うちとは血筋が違うわ、ほんま、一生の不作や、などと不毛なことをくどくど言いたてるのである。一方、母親は母親で父親が働かないで苦労しているというのに、そのことに対してなんのケアーもしない婆ぁに不満で、父親がみまかった際、墓のことで大喧嘩《おおげんか》をして以来、ふたりは口もきかねぇし、連絡も取り合わぬのである。で、もしかしたら自分が働かぬのは遺伝かね？　こら？　自分も学校を卒業して以来、いまのところあまり働いてないし、父親も働かなかったが、爺ぃもまた働かぬうえに箸《はし》にも棒にもかからぬ道楽者だったらしく、父親が十六のときに酔っぱらって往来で寝ていたところを荷車に轢《ひ》かれて死んだらしいが、どういう訳か婆ぁは金儲けに関しては天才的な勘が働いたらしく、爺ぃは大した財産も残さなかったはずであるのにもかかわらず、相場でもはったのか、自分が中学生のときには、この小田原の温泉旅館というのを既に買い取っていた。露天風呂《ろてんぶろ》や宴会場も設備されたひと通りの温泉旅館である。正面正門をくぐって、正面の白いコンクリート造り三階建ちが旅館、右手の平屋が自分がいま起居している婆ぁの居宅で、旅館と居宅は渡り廊下で連結されており、自分が外から自室に戻る際は、通常であれば、旅館正門からではなく、右手の道路に面した居宅の玄関、駐車場に面した居宅の勝手口のうちどちらかから入るのが普通なんだけれども、居宅の玄関には、なんでこんなものをいつまでも積んで置くのか知らんが、名入りのマッチ、手拭《てぬぐ》い、グラスなどの一杯入った段ボール箱、五年前のお中元、ドンゴロスなどが、玄関脇《わき》の婆ぁの部屋まではみ出してほこりを被《かぶ》って山積みに積んであり、通行不能状態で、また、婆ぁは自分に、客室やロビーをうろうろすることを厳禁し、近在の主婦のパートである従業員にも、自分に構うなと周知徹底しているらしく、たまさか自分と行き会ったり、飯を運んできたおりなども、通り一遍の挨拶《あいさつ》はするものの、それ以上の会話を交わすこともなく、ときおり、自分より七つ八つ下だろうか、二十歳でこぼこ、って風情《ふぜい》の板場の下働きの兄ちゃんが、同年輩の若い男が他にいないせいだろうか、ものいいたげな親しみのこもった目でこっちを見ているばかりで、駐車場を横切って裏口から入ろうとすると、配達の車とやりとりをしていたり、休憩時間にしゃがみこんで煙草《たばこ》を喫《の》んでたりする従業員が、はは、またあののらくらの若旦那《わかだんな》だよ、どうだい？　あのぼさぼさ頭は？　あの無精髭《ぶしょうひげ》は？　あの間抜け面《づら》は？　典型的の人生の落伍者《らくごしゃ》だよ。無気力ものだよ。とでもいいたげな、妙な目つきでちらちら見るので、それを避ける意味で自分はいつも、旅館正門をくぐって正面玄関の方へ向かい、中程まで来て辺りの様子を窺《うかが》いそそくさと右手の枝折《しお》り戸をくぐり、居宅の庭へ出て縁側で履き物を脱いで自室に立ち戻るようにしているのだけれども、そうして庭をぶらついてみると、庭に猫がいるのである。いままでも何度か姿は見ていたが、よくよく見ると、猫というのは、悠然《ゆうぜん》と往来して人の顔を見て大あくびをしたかと思ったらその場にごろんと横倒しに倒れて日なたぼっこりを始めたり、木の枝に止まってちゅんちゅらしている小鳥を一心に眺めていたり、と、実に可愛《かわい》いもんで、自分は縁側に腰掛けてじっと猫を眺め、ほほほ。可愛いわ。なんて楽しんでいたのだけれども、ところが、見てるとこのあたりにはいろんな猫がいるらしく、柄が似ているので同じ奴《やつ》かと思っていたら、尻尾《しっぽ》の具合が違ったりと、油断がならない。そこで自分は、猫を見る度、チーヤ、その兄スサノオ、異母弟ミューミュー、黒虎《くろとら》……、と、それぞれ固有の名前をつけ、それを新聞に挟まってたチラシの裏に書き記すということを始めたのであるが、そのうち、チラシの裏は真っ黒になり、なにがなんだか分からなくなったので、自分は駅前の文房具屋に出かけ帳面を購入し、チーヤと呼んでいる白黒の若猫を中心として、あちらこちらに線を引いて、この界隈《かいわい》を往来する猫を仔細《しさい》に観察し、親子・縁戚《しんせき》の関係を、専《もっぱ》らその柄によって類推し、彼らの正式な家系図を作成する作業にとりかかったのだけれども、やってみるとこれ楽しくてしょうがない。自分は、婆ぁの温泉に来て初めて生きる楽しみを見いだしたのである。

そして間違いなく言えるのは、チーヤの一族はこの界隈の猫の一族の中でも由緒《ゆいしょ》正しい一族で、貴族階級に属するということである。というのは、チーヤというのは白黒の牛柄で、この辺りの猫はみな、その白黒の牛柄の痕跡《こんせき》をその毛皮にとどめているからである。例えば、とても愛嬌《あいきょう》のある顔のスサノオという猫が居るが、これはチーヤの兄、もしくは弟であり、その下にも、その体軀《たいく》がやや矮小《わいしょう》な小チーヤ、鈍くさい感じの牛、などの弟もあって、これらは皆、このところ見かけぬので、ことによると他国に出奔したか、死んだかした原チーヤの子であると考えられ、またこの原チーヤには第二夫人があったらしく、チーヤと同年輩の、白黒の牛柄に茶色の混じった傍系の、丸顔で茶色分の多いミューミュー、その弟の白黒成分の多いアニキ、という二匹もあり、さらには、このあいだから、これはもしかしたらチーヤの子かも知れぬのだが、チーヤ2というチーヤそっくりの子猫もうろついているのであって、合計すると原チーヤを祖先とするチーヤ一族は総勢七名にものぼり、他の家系を圧倒しているのである。

いまひとつの家系は、黒虎一族である。この黒虎一族もただの庶民ではないと自分は睨《にら》んでいる。数こそチーヤ一族に一歩譲る形ではあるが、その毛並み、体の大きさ、眼光の鋭さにはまさに王者の風格があって、黒虎、その子の黒虎2、そしてこれは、黒虎の親と原チーヤの第二夫人との間に出来た子かも知れぬが、茶虎というのもいて、黒虎は、その一族の人数の少なさをものともせず、辺りを睥睨《へいげい》しつつ威風堂々と塀の上などを巡回しているのである。

この界隈の猫は、概《おおむ》ね、このチーヤ一族、黒虎一族の二種に大別されるのだが、あと、ユニバーサルマスクというのが居る。これは、どこからか流れ込んで住み着くようになったのか、天涯孤独の孤児である。親もなければ子もない、いつもただのひとりで庭の片隅にしょんぼりと佇《たたず》んでおり、黒虎などがこようものなら、ふぁあ、ともいわず、耳を寝かせて腹を地面に擦り付けるという、鼬《いたち》のような卑屈な格好をしてそそくさと逃げていってしまう、という弱猫で、誰にも相手にされない可哀想《かわいそう》な奴なのだが、自分はこの猫にぼんやりとした好意を抱いている。というのは、その顔が途轍《とてつ》もなく珍妙なのである。金色と茶色と白の毛皮が顔に周縁部から中心部へさして、刺青《いれずみ》を施したように、ぐるぐる渦を巻いているという奇天烈《きてれつ》な柄で、初めてこの猫が、庭で真面目《まじめ》な顔で糞をしているのを見たときは、三分ほど笑いが止まらなかったくらいである。

そしてこのところ猫社会に若干の変動があった。ある日、いつものように、新聞、湯飲み、文庫本、団扇《うちわ》、紙巻煙草などをぐるりに並べ、縁側に腰を下ろして猫達が姿を現すのを待っていたのに、その日に限って二時になっても三時になっても誰も来ない、いったいどうしたことだろうと、訝《いぶか》っていると四時頃になって、奇怪な猫が姿を現したのである。特徴としては、まず顔が横に長い。それから頬のところに偉そうな長い髭《ひげ》のようなふやふや毛を生やかしている。目つきは悪く、全宇宙を憎悪《ぞうお》し呪《のろ》っているがごとき凶悪な目つきをしている。また胴は豚のように丸々としておりそれとは対照的に四肢は極端に細くて短い。尾も短い。しかし身体《からだ》全体は小さく、柄は、ことによると原チーヤの第二夫人の血統が混ざっているのか、白と茶のまだら模様であるが、配色の具合はよろしくない。また仕草、性格などもどことなく下卑ていて、間断なく周囲に気を配り、ちょっとの空気の震えにも敏感に反応して、身体を低くして猜疑《さいぎ》と憎悪の入り交じった視線を周囲に走らせる、という風で、これまで最下層の辛酸をことごとく嘗《な》めたのであろうが、他の猫は、いまや自分に対して殆《ほとん》ど警戒心を持つことはなく、むしろなにかを訴えるように口をあいて目を閉じて、にゃあ、などというのに、此《こ》の猫に限っては自分に対しても敵意むき出しで、目が合うと真っ赤な口を開いて、ふぁあ、ふぁあ、と唸《うな》り声をあげて威嚇《いかく》する。不細工といえばユニバーサルマスクも不細工ではあるが、彼のもつ愛嬌というものなど薬にしたくてもないのである。そうなると、やはりどうしても疎《うと》ましくなるのが人情というもので、自分は、かの猫を豚猫と命名し、あっ、また豚猫がきやがった、むかつくんだよ、てめぇはよ、などと石を投げるなどしていたところ、暫《しばら》くして、どうも雌だったらしく、この豚猫が子三匹を生んだ。毛並み、体格などは豚猫とそっくりなのだけれども、真っ黒なのが一匹、黒と茶の中間くらいなのが一匹いることから、黒虎2との間に出来た子かも知れぬ。黒虎2も身分をわきまえぬことをしたものだが、豚はいつも三匹の子猫を連れ歩いている。そして、この豚猫が子を生んで以来、まずあれほど優雅かつ貫禄《かんろく》のある一族であった、黒虎一族が衰微しだした。黒虎もその子の黒虎2も茶虎も姿を消したのである。どこかよそへいったか死んだか。そして次にチーヤ一族も、いつのまにかチーヤ、チーヤ2、牛、小チーヤと櫛《くし》の歯が欠けたように姿を消し、傍系のミューミューも居なくなって、いまではスサノオとアニキがしょんぼり歩いているばかりである。

そしてユニバーサルマスクも姿を消し、豚猫はこのあたりの王となった。しかし出自《しゅつじ》の卑《いや》しさはいかんともしがたく、王になったのにもかかわらず、豚猫の卑屈かつ挑戦的な態度はいっこうに改まらず、主筋に当たるアニキやスサノオと交際している気配はない。情けないことではあるがこれも自然の摂理だと思って諦《あきら》めた自分は、せめて、滅亡してしまったチーヤ王朝の血統をいまに伝えるスサノオとアニキの写真を撮っておこうと考えた。たしかこないだ押し潰《つぶ》れたときに見た筈《はず》……、と、四畳半を探索すると、父親が若いときに使っていたライカがあったので、フィルムを充塡《じゅうてん》し、構図などにも気を配って写真を撮ったのであるが、困ったことが出来《しゅったい》した。というのは、婆ぁはいつも、「無駄遣いしなはんなや」と言って、飯のときに千円呉《く》れるが、千円じゃ無駄遣いのしようがない、煙草を買ったり帳面やキャットフードを買ってそれでお仕舞いである。しかしまあ、ここにきて三月《みつき》経《た》つが、これまで特に金が必要になったこともなかったので、値上げ交渉をしたこともなかった。ところが、今回初めて、無闇《むやみ》に撮りまくった猫の写真の現像及びプリント代金、これが必要になったのである。しかし、婆ぁに、すいません、後、一万円くらい貰《もら》えませんか、と卑屈に懇願するのも業腹《ごうはら》である。そこで自分は、翌日、そそくさと飯を食い、婆ぁが旅館に行ったのを見届けてから、玄関脇の婆ぁの部屋に侵入し、確か貯金箱みてぇなのがあったはずと、部屋の中を物色すると、あった、あった、整理箪笥《だんす》の上に銀色の貯金箱があった。持ち上げてみると、ずしりと持ち重りがする。自分は、へっ、と笑い、それから、ありがてぇ、ありがてぇ、さあ中味を取り出そうと、貯金箱を見て自分は、はたと迷ってしまった。貯金箱のボディーにシールが貼《は》ってあって製品の特徴が記してあるのだけれども、あろうことかこの貯金箱は、開けて中味を取り出そうとすると警報が鳴るというのである。なんという嫌らしい貯金箱であろうか。まさか、家の中で渡り廊下から最も遠いこの部屋で警報が鳴ったからといって帳場にいるであろう、婆ぁに聴こえることはあるまいが、万が一ということもある。しかし、この貯金箱を開けなければいつまで経っても写真は現像できぬのであり、迷った揚げ句、自分は、ええい構うことあるかい、男やったら勝負じゃ、と、貯金箱を開けたのである。

爆裂弾のようなものすごい音が鳴り響いた。焦《あせ》った自分は、その音をカムフラージュしようと、大声で、「あーばん小烏《こがらす》はパン屋の子供、村人達が熊《くま》を焼く、てけてけてけてけてけれっつのぱっ、どんがらがっしゃぷっぷっ、どんがらがっしゃぷっぷっ、するめの味はオウオウオウオウ……」などと、思いつく限りの出鱈目《でたらめ》を並べ立てて歌を歌った。警報を伴奏に約五分間も歌っていたのだろうか、ふと気がつくと警報は鳴り止《や》んでいて、「名主がひとりで珍道中、風呂屋の後家はん、風呂屋、豆腐屋、隣組、月月月月、金金きん！」という自分の歌声ばかりが鳴り響いていたので、自分はへとへとになって歌い止み、暫くじっとしていた。あたりは静まり返っている。時折、ちゅんちゅらと小鳥の鳴く声がしたり、ぷっぷっ、という自動車の警笛が聴こえるばかりである。ひっひっひっ、うまくいった。と自分は、百円玉、五十円玉、五百円玉、とりまぜて合計、十万近くもあろうかと思われる硬貨を、転がっていたビニール袋にざらっとあけ、部屋を立ち去ろうとして、ふと考えた。貯金箱を元に戻しておかなければ、あのあざとい婆《ばば》ぁのことである。犯行は直きに知れ金を取り返される恐れがある。それも、ただ戻すのではなくして、先程と同様の重量を持つものをダミーとして入れておかねばならぬのである。なんぞダミーになる物はないものか、と、傍らの江戸火鉢の引き出しを開けた自分はそこに奇妙なものを発見した。煙草より一回りくらい大きな緑色の紙箱で、表に、「猫ヨラズ」と印刷してあるのである。ネコイラズ、というのは聞いたことがあるが、猫ヨラズ、ってのはなんど？　と、裏の効能書きを見ると、猫ヨラズとは、猫の忌避剤、すなわち、猫が嫌がる匂《にお》いの成分を配合したケミカル剤であって、つまり、婆ぁは自分が眠っている間に、この猫ヨラズを庭に散布して、猫達が庭に立ち入らぬようにするという陰険辛辣《しんらつ》な策略を弄《ろう》していたのである。まったくあの婆ぁはなんということをしてくれたのだ、と猫ヨラズの箱を握りしめて怒り狂っていると、「あんたそんなとこでなにしてなはんねん」と言う声がして顔を上げると、敷居のところに立った婆ぁがにやにや笑いながら自分を見おろしていた。「くそう、ぶっ殺す」と立ち上がった自分に、婆ぁはなおもにやにや笑いをやめず、「あんた、それ泥棒やで」と平然と吐《ぬ》かしやがるので、自分は、「なにが泥棒だ、馬鹿野郎《ばかやろう》、ひとの猫になにしやがったんだよ、ぶっ殺すぞ、くそ婆ぁ」と怒鳴ったにもかかわらず、婆ぁは、「なにがひとの猫や。ここはあての地所やで。あての地所内であてがなにしようとあての勝手や。あんたも文句あんねやったら、さっさと出ていったらどないや。さっさと出ていって、土方でもなんでもやって働いたらよろしがな。働いて、こんなせせこましい家と違《ちご》て、お屋敷建てなはれ。そのお屋敷で百匹でも二百匹でも猫飼《こ》おたらよろしがな。ええ若いもんがいつまでも遊んでなはんねやないで、ほんまにもう、あんたのお父はんと瓜《うり》ふたつで嫌なるわ」と吐かしやがったのである。自分は、怒りのあまり痙攣《けいれん》していたのだけども、働け、といわれて全身から力が抜け、がっくりと膝《ひざ》をついてしまった。そら自分だって好きでこんなところに居るわけではない。いずれ、働こうとも思っているけれども、まあ、ちょっと時期というか時節というかバイオリズムというか、そういうものを見計らっているだけで、なにも考えていないわけではない。そしてそれに関しては、自分なりの順序というか段取りというかそういうものがあって、それを婆ぁにとやかく言われたくない。しかし、現状で婆ぁに、働け、と言われてしまえば自分は、婆ぁがいかなる悪逆・非道をなそうとも、これを批判できぬのであって、婆ぁは実に的確に自分の急所をついたのである。急に弱気になった自分をあざ笑うかのように婆ぁは、「それ、そのお金、ちゃんと元通りにしときなはれや」と言い捨て、部屋を出ていった。

自分は猫ヨラズの箱を紙屑籠《かみくずかご》に捨て硬貨を貯金箱にみな戻して自室に戻り虚脱した。出自のあまりの卑しさに猫ヨラズも利《き》かぬのか、庭で豚一族が卑屈なひなたぼっこりをしているのが見える。自分と目があって一瞬腰を浮かしたが、自分が虚脱していて、今日は石を投げないと判断したのか、そのままうずくまっていたが、しばらく天井の木目を眺めてまた見るといつの間にか居なくなっていた。

自分は、落語家の口調を真似《まね》て、人間楽しみがなかったら生きててもなんの楽しみもない、と言ってみた。台詞《せりふ》が他人事《ひとごと》のように響いて、自分は起きあがって居間に行きテレビをつけた。料理番組をやっていて、自分はチキンのスパイシートマト煮の作り方をマスターした。

3

よし、いまから僕は煙草《たばこ》をやめるよ。手を三つ打ったらやめるよ。いいね、いくよ、ぽん、ぽん、ぽん。ほら止《や》めた。って、煙草を止めた。もちろん猫の写真の現像代を捻《ねん》出《しゅつ》するためであるが、それにつけても、あの豚一族は小憎たらしい一族だな。だいたいあの皿のキャットフードは誰が買っていると思っているのだ。俺じゃないか。その飯を一家眷属《けんぞく》うち揃《そろ》って食っていながら、それを買ってやった俺の姿を認めるや、不細工な尻《しり》をこちらに向けて小走りに走って逃げやがる。そして二、三メートル行ったかと思うと立ち止まって振り返り、非難がましい猜疑心と憎悪と呪いの入り交じったような嫌らしい目つきで俺を睨《にら》みやがる。全員で。家族全員で。アニキがいなかったら飯などおいとかんのだが。しょうがないなあ、ほんと。しかも俺はだよ。君らが食ってるその飯代を削らないで煙草代を削っているのだよ。あっ、ぐわあ、煙草吸いてぇよ、煙草。って、自分は猛烈に煙草が吸いたくなり、そのうち頭は透明の輪っかをはめられたようにぎゅんぎゅんするし、身体はなんだか冷え冷えして脂汗《あぶらあせ》が出てくるし、で、もうどうにも我慢できぬので、新聞紙を広げ、灰皿や紙屑籠をひっくり返して、長い吸いさしを集めてきゅらきゅら吸ったのだけれども、それもみな根元まで吸ってしまい、台所に行きごみ箱も開けてみたが、灰皿の中味を捨てたとおぼしき灰や吸いさしの上には茶殻やメロンの皮などが捨ててあり、駄目だ、って、ぐらぐらになって、勝手口から、アメリカの恐怖映画に出てくる超自然的な力で蘇《よみがえ》った死体のような格好でふらふら駐車場にさまよい出て、そのまま真《ま》っ直《す》ぐ旅館の裏手の方に進んだ自分は、なにかに蹴躓《けつまず》いてぐずぐず転倒した、なんだ、と思ってみると、目の前に防火用の赤いバケツが転がっていて、中から吸いがらがこぼれている。くるるるるるるる、と哭《な》いて、その場にしゃがみ込み、吸いがらを拾い、ああ勿体《もったい》ない、こんな長いのがある。と、中途で折れ曲がった煙草を指先で丹念に伸ばしていた、ちょうどその時、後ろから、「あっすいません」と、声をかけるものがあった。ぎくっとして振り返ると不思議そうな顔をして立っていたのが、例の板場の下働きの兄ちゃんであった。兄ちゃんは自分に訊《き》いた。「なにやってんですか？」モク拾いをしておった、と率直に答えるのはきまりが悪いので、「いや、あの、ちょっとバケツがひっくりかえっていたので片づけておったのだよ」とごまかすと、兄ちゃんは、「あっ、すいません」と言うやいなや、バケツを手に取ると、駐車場の奥の焼却炉のところまで走っていき、バケツの中味を捨てると、空になったバケツをぶら下げて走って戻ってきて、「すいません。僕ら、ここで休憩時間に煙草を吸うんですけど、今度から気をつけます」と言って爽《さわ》やかに笑ったのである。自分はショックでしばし我を失って兄ちゃんの笑顔を眺めていたが、兄ちゃんは気にするそぶりもみせずに、ポケットからハイライトを取り出すと旨《うま》そうにふかし始めた。やがて我慢できなくなった自分がとうとう、「ちょっと煙草切らしちゃったんだけど一本いいかな」と言うと、兄ちゃんは、「あっ、どうぞどうぞ吸って下さい」と、煙草を呉れ火までつけてくれるので、自分は震える指先でこれを受け取り、深々と吸い込んだ。ああ、人間だ。わたしはいま人間だ。と、煙草を吸っていると、兄ちゃんが「あの、もしかして……清十郎さんですか」と、唐突に言った。自分は煙草を真剣に吸っていたので何気なく、「そうだけど」と言うと、兄ちゃんは異様に興奮して、「やっぱりそうか。そうじゃないかと思ってたんですよ。俺、ファンだったんですよ」と吐《ぬ》かしたのである。

これまでも時折こういう人に出くわしたことはある。しかしそれは、ライブハウス、文化飲み屋、貸しスタジオなどの、いかにも自分がやっていたバンドを見ているような人種の屯《たむろ》っていておかしくない場所で、であって、かかる僻地《へきち》の、しかも婆ぁの温泉旅館の、しかも従業員に声をかけられるのは、まったく予想していなかったことであり、自分は、最初少し驚き、ややあって少し得意になり、最後に暗い気持ちになった。確かに、ファンです、と言われれば、少し誇らしい気持ちになる。しかし、だいたいにおいて、自分がこうやって防火バケツに他人の吸いがらを漁《あさ》るようにまで落ちぶれたのは、芝居の失敗もさることながら、やはり直接の原因といえば、あのバンドであり、あんなバンドをやらなければ、もしかしたら自分はいまだに新宿三丁目の部屋にいて、青春を満喫していたかも知れぬのである。

芝居のときは自分が久米夫《くめお》を誘ったが、今度は久米夫が自分を誘った。腹這《はらば》い芝居が終わって貸し劇場代を払ってしまうと一文無しのからっけつ、母親にも暫《しばら》く金をせびりにくいし、やむなく自分は久米夫が探してきたゴム屋のバイト、って、馬鹿馬鹿しい、二十何階だか三十何階だか知らぬが、とにかく工事中のばか高ぇビルに登ってって、ガラスを塡《は》める前のアルミの窓枠に防水、防塵《ぼうじん》、防音用のゴムを巻き付けていく仕事である。馬鹿馬鹿しいが日当一万二千円、ってえからしょうがない、朝、早くに起きて満員の地下鉄に乗って久米夫と自分はゴムを巻きに工事現場に通った。芝居のときもそうだったけれども、どうも自分は三日目というのが危ないらしく、三日目になると馬鹿馬鹿しさは耐え難いものとなり、午後の休憩時間前に完全にめげた自分は材料を捨て、職長の目を盗んで久米夫と二人、人気《ひとけ》のない、なんだかわからない材料が山積みになっているビルの突端のようなところに隠れた。このまま夕方まで隠れていよう、そうしようと示し合わした自分と久米夫はヘルメットを脱ぎ安全帯を外してどっかと座り込み、煙草を吸って眺望と自由を満喫した。このとき久米夫が、ぼそっと、バンドやんねぇか、と言ったのである。「バンドってなんだ？」「だからよ、あるじゃん、ギター弾いてうた歌って。ストーンズとかビートルズとか。あれだよ」「つまり、おまえ、それはバンドのことか？」「だからバンドっていってんじゃん」「そらそうだな」と、自分は納得したが、しかし芝居のこともあるので警戒して、「けどおめぇ金かかるだろう?」と言うと、久米夫はいっさい金はかからぬ、金がかかるどころか、うまくいきゃあ何億円、普通で何千万円、ちょっとまずかったとしても何百万の儲《もう》けになる、などと、詐欺《さぎ》まがい商法のようなことを吐かすのである。世の中にそんな旨い話があってたまるものか。騙《だま》されねぇぞ、とあれこれ久米夫に質問したところ、久米夫は、CDを出せばいいと答弁するのである。つまり、旨くいってレコード会社と契約できてこれがヒットすれば、何億円という印税が入る、それが駄目だとしても、このところ、世間では自主制作盤というのが流行《はや》っていてレコード会社が下手に出したものより売れるのも中にはあって、これがうまくすると一万枚くらい売れる、そうすると一枚三千円で売ったとして、制作費や流通コストが一千万円かかったとしても、二千万円の儲け、全然駄目だったとしても、世間にはマニアという馬鹿がいて、そういう連中は、先物買いで自主制作盤なら取りあえずなんでも買う。したがって千枚は絶対売れるから、売り上げは三百万円。録音に金をかけなければまあ半分は残る、というのである。滔々《とうとう》と話す久米夫に、ちょっと待て、と言って自分は、眼下に、国会議事堂や宮城が、まるで箱庭のように広がる都心の風景をじっと見つめつつ久米夫の話に穴がないかを考え、大穴があるのに気がついて訊いた。

「メンバーはどうすんだよ?」「まず俺とお前」「俺は楽器できねぇよ」「だからボーカルをやればいいんだよ。俺はベース弾くから」「おめぇ弾けんのか?」「少しは弾ける」

「で後どうすんだ」「片山がドラムでアングがギター」「大丈夫か？」「絶対大丈夫だよ。パンクバンドってことにすりゃあいいんだから」「なんでパンクバンドだったら大丈夫なんだよ」「パンクはへたくそなほどいいんだよ。真実味がある、とかなんとかいって」「そんなもんかい」「そうなんだよ」と、なんとなく納得させられてしまったが、しかしながら、なお不安は残る。「でよ、そのＣＤ作るのにどれくらいかかるんだよ」と訊くと久米夫は、「十万もありゃ十分だ」と言うのである。それくらいなら母親に、いよいよ俺も男になる、と嘘《うそ》を言って、いや、今度ばかりは嘘ではないのだから、証文を書いて借りられぬことはない。最後にひとつだけ久米夫に確認した。「けどよ、そのＣＤをだよ、ただ出しただけではやっぱり駄目だろう、なんかやっぱり話題性というか、そういうもんがねぇとよ」「それが大丈夫なんだよ」「なんで大丈夫なんだよ」「エクちゃんに一肌脱いで貰《もら》う」「なんだそら」「芝居のとき過激ギャルのトップレスショウで客来ただろ、あれをまたやるんだよ」「あっ、そうか。けど脱ぐか？」「脱ぐよ、あいつはそれが生き甲斐《がい》なんだから」って、自分は久米夫の頭の良さに感動し、そうか、ずっと馬鹿だ馬鹿だと思っていたけれどもこんなに頭のいい奴《やつ》とは知らなかった、とにかく善は急げ、ってんで、夕方を待たずに現場を逃げ出し、方々に電話をかけまくったのである。

　最初は実に調子がよかった。一回だけ音合わせをし、とにかくライブをやろう、ってんで高円寺にあるライブハウスで初ライブをやった。曲なんかねぇので、既成曲、それもなるべく簡単な、ジョニー・B・グッド、かなんかに、「逸物《いちもつ》ふざけたニューオーリンズ、腹這い野郎が毎日、砕けた土鍋《どなべ》で鍋物、八百屋のねぇちゃん不細工、白菜ばかりが能じゃねぇ、死ぬまで河豚《ふぐ》を食いまくる、ゴーゴー（テッチリリ）ゴージョニーゴーゴー（テッチリリ）」といった出鱈目《でたらめ》な詩をつけて歌い、爆音に刺激されたのか、エクちゃんがその露出狂ぶりを遺憾なく発揮してついには全裸で踊り狂い、十人ほどの聴衆は大喜びで、翌月、二度目のライブをやった際には写真週刊誌が取材にくるなど、話題が話題を呼び三度目以降は観客が溢《あふ》れんばかり、毎回、満員御礼とあいなって、そのうち、いったいなにを考えているのかさっぱり分からぬが、自分の書く歌詞や出鱈目なメンバーの演奏が専門誌で高く評価され出したのである。そこで、さあじゃあそろそろ当初の予定通り、レコーディングにとりかかるか、と思っていた矢先、アングが憔悴《しょうすい》しきった様子で家にやってきたので、どうしたんだいと訊くと、しばらく匿《かくま》ってくれという、理由を訊くと、あいかわらずアングは気功術に凝っていて、気功術師の元に通っていたのだけれども、なんでも、その気功術師ってのが五十くらいの独身の女で、どうもインチキ気功術師らしく、いっこうに効能がないので患者が一人減り二人減りしてアングも師匠を変えようかなと思っていた矢先、この婆《ばば》ぁがアングを離そうとはせず、帰ろうと思ってもやれ飯を食っていけだの、風呂《ふろ》に入っていけだの、なかなか帰してくれず、そのうち、やたらと高価な贈り物を呉《く》れたり、自分も身寄りがないのであんたを養子にしてこの家を譲るなどと言い出し、気味が悪いので、無理に帰ろうとすると、着衣を乱して、あたしを見捨てるつもりなの、などと言ってアングの脚や身体《からだ》にとり縋《すが》って色気をだす、などの奇行がこのところ顕著で、家にまでやってきたりするものだから、ここ一週間人の家を泊まり歩いている、と吐かすのである。馬鹿《ばか》だよ、馬鹿。と、笑っていると、またピンポン。ドアーを開けると今度は片山が真っ青な顔をしてやってきて、玄関に立ったまま、三十センチくらいのスチールの引き出しが十個ばかりある書類棚を差し出して、暫くこれを預かってくれ、と言うやいなや風のごとくに立ち去ったのである。なんだあいつぁ？　と、引き出しを開けてみると、銀紙にくるまれた平べったい物が入っている。銀紙を剝《は》がすと、ラッピングフィルムにくるまれた、青いインクで植物の葉っぱが印刷された、ちょうど切手シートのごとき案配の、ごわごわした白い紙が数枚でてきて、アングが「わーお」と声を上げた。このところ楽屋で流行していた、アシッド、すなわち、ＬＳＤを染《し》み込ませた紙であった。

それからというもの毎日、アングとちぎっては食い、ちぎっては食い、幻覚に遊び、時折街にさまよい出ては色とりどりに流れる風景を楽しみ、まったく片山の馬鹿はいいもん置いてってくれた、バンドも快調、毎日おもしれえ、おもしれえ、と喜んでいた。しかし、禍福はあざなえる縄の如《ごと》し、いいことばかりは続かない。その日はライブだってんで、アングと二人、確かに家を出て電車に乗ったのは乗ったのだけれども、妙なところをぐるぐる回って、なかなか店にたどり着かない。やっとたどり着いたときには客は、もう超満員で、客をかき分けて取りあえず楽屋に、「ワリーワリー」なんて入ってくと、久米夫とエクちゃんが不景気な面《つら》で座っている。怒ってるのかな、と思って、再度、「ワリーワリー、後で埋め合わせするからね」と言うと、久米夫は黙って顎《あご》で楽屋の隅をさした。見ると、毛糸の帽子を被《かぶ》った、死んだ魚のような目をした男が座っていて、自分に、「おめぇなんだ」と言う。おめぇなんだとはなんだ、おめぇこそ、人の楽屋でなに威張ってんだ、馬鹿野郎、と言おうかと思ったけれども、男の身体のぐるりに漂う暴力的なオーラにびびって黙っていると、男は久米夫に、「こいつもメンバーか」と訊いた。久米夫は、「そうなんだけど」と答えると、男は立ち上がって、「なんだよ、これぇじゃねぇかよ、どうしたんだよ、片山って餓鬼はよ」と怒鳴り、ロッカーを激しく蹴《け》りつけた。「なんだよ、どうしたってんだよ。どうなってんだよ」と久米夫に訊くと、久米夫の代わりに男が、「片山、って餓鬼がよ、アシッド持ち逃げしたんだよ、今日はこれぇのかよ、片山はよ」と自分に怒鳴ったのである。自分とアングは顔を見合わせて真っ青になった。つまり、先からアングと自分が喜んで食っていたアシッドは、この暴力の上手《じょうず》そうな男性から片山が持ち逃げしたもので、つまり、自分とアングはそれを殆《ほとん》ど食ってしまったのだから、ということは、もしそのことが発覚した場合、自分らはこの男、そしてこの男の所属する組織・団体から制裁を受ける可能性があるのである。

それは嫌だ。自分は、「しっ、知らねぇけど今日はもうこれねぇかもしれないです」と言うと、男は、来るまで待つと言う。時計を見ると開演時間はとっくに過ぎている。久米夫が、「ぼ、僕たち、ちょっと舞台やってきていいですか？」と訊くと、男は物凄《ものすご》い目つきで久米夫を睨《にら》み、「てめぇら全員一応ここに住所と電話番号と名前書いとけ」と言うので、全員神妙な顔でチラシの裏に名前と連絡先を書いて、それからそそくさと舞台に出た。自分がドラムを叩《たた》きエクちゃんが歌ったその日のライブはがたがたで、しかし観客は勝手に暴れ勝手に興奮していた。誰も聴いちゃいないのだ。演奏が終わって楽屋に戻ると男の姿は消えていたので一安心したがやばいのに変わりはない。アングとひそひそ、「どうしよう」「どうしよう」と言ってると、久米夫が言った。「おめぇらよ」「はい」「はい」「こないだからやたらとアシッド持ってたよな」「はい」「はい」「あれどうしたんだよ」「いやだから片山が置いてって呉れたもんだと思って……」「やべぇじゃねぇかよ」「そうなんだよ」「どうすんだよ」「どうしよう」「俺に訊くなよ、馬鹿野郎。バンドこれからどうすんだよ」って、久米夫にも怒られたが、しょうがない。その夜はとりあえず飲みにも行かずに家に帰り、それから二、三日、アングと、残り少なになったアシッドもなるべく食わないようにしてテレビなど見てひっそり怯《おび》え暮らしたが、片山からも例の男からもなんの連絡もない。これはひょっとすると助かったのか、と思っているとと電話が鳴った。おそるおそる出ると久米夫で、とりあえず逃げろ、と言う。どうした、と訊くと、病院から連絡があって、女の家で捕まった片山が半殺しにされていま病院にいる。多分げろしてるからそこにいるとまずい、と言うのである。そして、アングは気功術師の婆ぁのところに逃げ、自分は婆ぁの温泉に逃げた。かくして我々のバンドは崩壊したのであるが、そのときの客であった岩田という板場の兄ちゃんと、貰い煙草《たばこ》が縁となって、自分は話をするようになり、休日には誘われて一緒に釣りに出かけるまでになって、またライブやって下さいよー、なんて言われるのは困るが、そう言われるとなんだか自分が価値ある人間のように思える部分もあって、自分は一時ほど鬱屈《うっくつ》しなくなったのである。そのうち岩田が朗報をもたらした。元は東京にいた岩田が、岩田と一緒によく自分のライブを見に来ていた女性に電話をかけ、自分がいま旅館の若旦那《わかだんな》である旨《むね》、話したところ、来週、グループで一泊旅行にやって来るというのである。自分の心は躍った。躍動した。勢いよくいきいきと活動したのである。もう長いこと若い女性と交際しない。それは、やるとかやんないとか、そういういやらしい問題ではなくして、同年代の友として交際したいということだ。岩田もいることはいる。しかしやはり青春には異性の友も必要なのであって、それが青春ということだ。

岩田にそのことを訊いて以来、自分はその日を心待ち、また、身体にも活力が溢《あふ》れて、庭に豚猫を見かけた際など、こらあ、だらあ、などと絶叫し追いかけ倒すようになったのである。

最初は、あ、なかなかええやん。ええやん、ええやん。エビヤン水でも飲んだろかしらん。くらいの印象であった。

そそくさと晩飯食って、「こんな時間にどこ行きだす」と疑わしい目つきの婆ぁに、「ちょっとそこまで」なんてって、岩田を連絡係に件《くだん》の二人連れと駅前で待ち合わせ、先に来ていた二人に、やあ、いらっしゃい、なんて言い、言った瞬間、婆ぁにびびって客室近辺に立ち入れず、こんなところでこそこそ客に会っているのにもかかわらず、若旦那ぶって、やあ、いらっしゃい、なんて格好つけてる。馬鹿《ばか》だよ馬鹿。と思ったが言ってしまったものはしょうがねぇ。って、見ると、一人はニットのスリップドレス、いま一人は、デニムのショートパンツのオールインワンと、ふたりともいわゆるところのリゾートファッション、肩や脚が露《あらわ》な衣服を着用に及んでおり、しかもふたりともちょっと小ましな女なのである。なかなかええやん、と思った自分は、ぶら下げていた鉱泉水を一口飲んだ。しかしそれにつけても岩田が来てねぇじゃねぇか。おらあ初対面なのに岩田が仲立ちをしねぇと話が盛りあがらねぇじゃねぇか、と思ったのも束《つか》の間《ま》、二人は無闇《むやみ》にノリがよく、「あっ、ほんとに清十郎さんだ」なんて言ったかと思うと、ワンピースの方が、小松と名乗り、ショートパンツの方が、ミオと名乗って、小松の方はなかなかの美人、ミオの方はキュートなセクシーダイナマイトなんだけれども、やっぱりカッコイイ、とか、瘦《や》せたんじゃないですか？　なんて屈託がなく、あたし達ずっとファンだったんです、と告白するのである。嘘《うそ》をつけ、馬鹿野郎。自分がライブをやっていたのは僅々《きんきん》四箇月間であって、ずっとファンをやる暇などあるものか、と思ったのだけれども、勿論《もちろん》そんなことはいわねぇで、まだ気取って、「岩田君はどうしたの？」と聞くと、ミオが、「あっ、岩田ですか。なんか抜けられないんで後で行くからとりあえず先行ってて、っていってました」と言うので、じゃあ、軽く飲みに行くか、ってぶらぶら三人で、俗臭芬芬《ふんぷん》たる温泉街、鈴蘭《すずらん》の形をした街灯が薄っ暗い、ビリアード、焼き肉、ディスコティック、ゲームセンター、土産物屋なんてのが立ち並ぶ下り道をだらだら歩いた。

以前、婆ぁの温泉に来たばかりの頃、婆ぁと喧嘩《けんか》をして、早くくたばりやがれ、死に損ないが、と言い捨てて飛び出て、持ち金がまだあったので、行き当たりばったりに飛び込んだスナックにまた入った。鬱屈し一人酒を飲んだあんときとは大違い、酔いが回るにつけ、自分はぺらぺら口が廻って、婆ぁと暮らすうちに体の中に沈殿していたのであろうか、次から次へとギャグが大爆発し、小松もミオもげらげら笑いこけ自分は得意の絶頂、それへさして、「いやあ、忙しくて参ったよ」なんて、携帯電話で連絡の取れた岩田も来て、ミオと小松が、「岩田、久しぶりい」などと声をかけ、じゃあ改めてカンパーイ、てな仕儀に相成って、後は訳の分からねぇドガジャガ、さんざんに食らい酔って店を出た。店を出る段になって、そんなもの持ってこなくてもいいのに店の奴《やつ》が勘定書を持ってきて、払いは俺に任して下さいよ、ってノリノリの岩田、なんだこの餓鬼、なんでそんなもん持ってんだよ、ってアメックスで支払ってやがるので、じゃあ、よろしくなんて、小松とミオと表で待ってた。それからカラオケ行こうぜ、カラオケ、なんてなことになって、歌い放題飲み放題、ってのに入り、まず、じゃあ岩田歌います、なんて岩田がなんだか騒々しい曲を歌い、歌っている間、小松とミオを侍《はべ》らしてソファーにふんぞり返っていた。昔から、男の理想の状態をさして、後ろに柱、前に酒。左右におなご、懐《ふところ》に銭。なんてなことをいうが、まさにその状態、後ろにはカラオケ屋の建物のコンクリートの柱が出っ張っているし、左右には、小松とミオがいる。前にはビールやらウイスキーやらがあるし、岩田のアメックスもある。これだよ、これ。快なるかな、と思うと同時に、心の中で、ざまあみやがれくそ婆ぁ、人をいいように小突き回しやがって。見よ、この勇姿、見よ、この輝ける青春を！　と、叫んでいたのであるが、ここにひとつ困ったことが出来《しゅったい》した。というのは、初手から自分は、青春なんだよ、若人《わこうど》なんだよ、男女交際だよ、やるとかやんないとか、そういう問題ではないんだよ、と思っていたし、事実、これまでの婆ぁとの気鬱《きうつ》な温泉暮らしで、玉なしのふぬけ野郎となり果てていたのか、ミオや小松に会ってもそういうことは頭に浮かばなかったのにもかかわらず、さっきの店の後半あたりから、生来の好色淫猥《いんわい》な性質が心の内で活発化し、いまでは、やるとかやんないとかが自分の中で大きな問題として問題化しているのである。もし小松かミオのうちどちらかが簡単にやらしてくれればなんの問題もない。しかし、もし一筋縄ではやらしてくれなかった場合、あれこれ説得してなんとかお願いするか、或《ある》いは、もう強引にやってしまうしかないのであるが、彼女らは明日には東京に帰ってしまうのであり、迂遠《うえん》な手段を用いていたのでは、これ間に合わぬのであり、じゃあそんな面倒くせえことはやってらんねぇ、ってんで、今晩、彼女らの部屋に侵入し、強引にやった場合、客室近辺をうろうろすることすら禁じられている自分である。もし、このことが婆《ばば》ぁの耳に入った場合、自分はどんな仕置きを受けるか分からぬのであって、それも恐ろしい。つまりだから、いつまでくよくよ悩むのも陰気だから、まあさほど迂遠な手段に訴えなくてもやらしてくれるようであればやる。冗談じゃないわよ、ってことであれば、これは諦《あきら》める。って、まあそれで自分はいいのだけれども、彼女らがいったいそのことについてどう考えているのか、その意思を確認せんければならぬのである。もちろん、直截《ちょくせつ》に、実際のところどうです。今晩やらせてくれるのですか？　くれないのですか？　どっちです。早くして下さい。と訊《き》けば、それは一番早いには違いないが、それではあまりにも芸がないというか、向こうも腹の底でそう思っていても、うん、いいよ別に、って久米夫《くめお》やアングが腹這《はらば》い芝居を引き受けるようには答えてくれぬだろう、うらむ、じゃあどうしてくれよう。どうしよう私は、小生は、と、考え込んでいると、ミオが、「清十郎さん、清十郎さん、どうしたんですか、黙っちゃって。デュエットして下さい」と自分の手を引っ張った。我に返った自分は、ふと、あることを思いつき、ほう、ほう、と手渡されたマイクを持って立ち上がった。つまり、通常、デュエットをする場合、横に並んでデュエットをするわけで、これが会社の上司とOLの場合など、デュエットを無理にやらされた。これは性的いやがらせである。といった社会問題に発展する場合も、これ、あるのであって、つまり、だから女性にとっては、嫌な野郎とデュエットをさせられるというのは嫌なのであり、すなわちこれは、それほど人間としてのボディーゾーンを浸食されると思うくらいに密着度の高い距離なのであって、自分はこの距離を活用しようと思ったのである。つまり、自分はデュエットをする。その際、横に立っているミオの身体《からだ》に手を回す。そして歌に紛れて乳を揉《も》んでみる。乳を揉まれたミオが嫌がって身体を離したり、歌を中断して、止《や》めて下さい、と言ったりすれば、これはNG、一切は空《くう》、なんてってうどん食って寝ればいい。しかし大して嫌がらなかった場合、或いは自ら乳を押しつけてきたりした場合、これはOKということで、心安けくやればいいわけである。テレビの画面に、なんだか鹿《しか》が無闇にいる公園のようなところで女が梅を見てしきりに俳句をひねっている絵が出て前奏が流れだした。曲は、自分の知らぬアップテンポのロックンロール調の曲である。画面に出る歌詞を見て、歌えそうなところはいい加減に歌い、分からぬところは、ううっ、とか、ふげっ、くまま
っ、などとごまかし、いいところで乳を揉もうと思うのだけれども、ミオがビートに乗ってとんとん身体を揺するので揉みにくくてしょうがない。やむなく自分も、ふげっ、うがっ、ぱくくっ、なんて合いの手を入れながらミオの動きに合わせて跳ね、なんとか揉んだのだけれども、なにしろ跳ねているものだから揉んでんだかなんだか分からず、ミオの反応がいま一つよく分からない。そうこうするうちに曲は終わってしまい、「きゃー、ありがとうございました」かなんか言ってミオは席に戻ってしまい、リサーチは曖昧《あいまい》に終わってしまったのである。しょうがないので、一呼吸置く意味で、一人でイパネマの娘と黒の舟唄を歌って、それから今度は、揉みやすい曲、スローな曲がいいだろう、ってんで、RCサクセションのスローバラードというのを自らエントリーし、今度は小松、デュエットしようぜ、って呼ぶと、「はあーい」とホステスのような返事をして小松がやってきたのでまず自分が歌い、ややあって小松に歌えと合図をすると歌いだしたので、自分は乳揉みにとりかかった。しかし、曲として揉みやすいことは揉みやすいのだけれども、スローな分、どうしてもその揉んでいる動作が余人に知れやすい。そのところに気を遣うので、じねんと揉み方がソフトタッチとなり、どうも反応が読みとれない。わかんねぇもんだな、と、いま少し大胆に揉もうかなと思っていると、岩田

が人の苦労も知らないで、「あっ清十郎さん、どさくさにまぎれて乳揉まないで下さいよ」と大声で言い、手を伸ばして小松からマイクを取り上げて歌いだし、おまけに歌いながら自分の股間《こかん》を揉み、自分も、ええいこうなったらやけだ、と岩田と接吻《せっぷん》をしたので、みんな笑いころげてしまい、やはりリサーチの出来ぬまま曲は終わってしまったのである。

それからみんなでゲームセンターに行って、きゃあきゃあ言ってゲームをやったり写真入りのシールを作る機械でシールを作ったりして旅館に帰った。枝折《しお》り戸のところで、「じゃあねー、また今度ねー」なんて手を振って明るく別れ、縁側から自室に帰ったのだけれども、どうも納得がいかない。もしかしたらやれたかもしれぬのである。そして明日からはまた暗黒の日々が続くのであって、今夜は、自分の人生における不純異性交遊の最後のチャンスであったかもしれぬのである。こんなことであれば、ビートを気にしたり、岩田のギャグに取り合ったりしないで、もっとちゃんと揉んでおけばよかった、などと、くよくよしているうちに、ちゅんちゅら小鳥が鳴いて世間は明るくなってしまった。まあ、しょうがねぇ、これも運命だ、と、布団《ふとん》にひっくり返った自分は、わかんねぇもんだなあ、と言ってみた。なかなかうまい具合に言えた。

翌日は午後に目が覚めたので、縁側で新聞を精読していると、背後がどすどすするので振り返ると婆ぁが立っていた。濁った目で自分をじろじろ見る。「何見てんだよ」と言うと婆ぁは、「昨日はローズの間のお客はんとえろうお楽しみだしたんやな」と吐《ぬ》かし、また、黙ってじろじろ見る。くそう、嫌な婆ぁだな、やってねぇんだよ、こっちはよ、と怒鳴ってしまいそうになったので、「あら、俺のワンフだよ」と言うと、「ほんまに結構な身分だすな、若旦《わかだん》さん」と言って、手めぇの部屋になにか取りに行き、それからまたどすどす廊下を通って店の方へいきゃあがった。むかつく婆ぁである。自分は、新聞を放り投げて自室に帰り、それから、くわあ、と唸《うな》って逆立ちをした。塀の上をアニキが用事ありげに歩いているのが見えた。てめぇなんの用事があるんだいアニキ。なにもねぇんだろよ、おい。まあ俺もねぇんだけど、って、思ってると逆立ちの集中力が殺《そ》げ、横倒しに倒れてしまった。そのままうだうだしていると岩田があたふたやって来て、ミオと小松が帰る、てって、またあたふた行った。慌《あわ》てて旅館の方に行くと玄関でふたりは婆ぁに、お世話になりましたー、なんて、頭を下げてる。自分は慌てて枝折《しお》戸の陰に隠れ、二人が門を出るのを確認してから追いかけ声をかけた。「よっ」「あっ、清十郎さん」「帰んのかい」「はい、昨日楽しかったです。また来ます」と二人は明るいが自分は寂しい。思わず、「東京行ったらよ、遊びに行くからよ」と言うと、小松が、「あっ、ほんとですかあ。じゃあ、あたし」と言って、バッグをごそごそやって手帳を取り出しボールペンでなにか書いてびり、と破り、「東京来たら連絡下さい」と自分に手渡した。「オッケーオッケー。ベリークール」と自分は余裕をかました。ちらと見ると、自宅の番号が書いてある。二人と別れた自分は、ベリークール、と呟《つぶや》きながら部屋に戻った。

5

涙すら流れない。自分はまったく虚脱して庭に立ち尽くした。ついに婆ぁが毒を撒《ま》きやがったのである。アニキは、ちょうど日陰で昼寝をしているような格好で四肢を投げだして横向きに寝そべっていた。やあ、あんなところで昼寝をしていやがる、気楽な野郎だ。と思ったのが昼飯の後で、ところが、たまにはうなぎのようなものも食いてぇな、しかし千円じゃ食えねえ、と思って帳面に鰻《うなぎ》の絵を書くなどするうち眠くなったので、少しく仮眠をとるか、ベリークール。なんて横になって目が覚めたのが四時頃。縁側によろぼい出て、はだけた寝間着の前をかきあわせ胡座《あぐら》をかいてどっかと座り煙草《たばこ》に火をつけ、何気なく庭を見ると、まだアニキはさっきの格好でさっきのところに寝そべっている。どうなってるのじゃろう、と、庭下駄を履いて、そろそろ近づいてみると、かっ、と開いた口から赤黒いものを吐いてアニキは死んでいたのである。

自分は庭の片隅にシャベルで穴を掘った。10センチくらい掘るとへとへとになった。それでも頑張って深さ50センチくらい掘った。穴の底にアニキを横たえて上から土をかける。ざっ、ざっ、ざっ、ってアニキはだんだん埋まってった。それから思いついて、四畳半の仏壇の引き出しから線香を持ってきて土に突き刺した。それからまた思いついて、旅館のロビーに行った。壺《つぼ》に花が活《い》けてあるのをひっこ抜いて持っていこうとしたら、後ろから婆ぁの声がした。

「あんたなにしてなはんねん」振り返るとロビー正面の帳場から婆ぁが出てきた。自分は静かに答えた。「アニキが死んだんだよ」「アニキ？　なんだすの、それ」「いつも庭にきてた猫だよ。てめぇが毒撒くからよ、死んじゃったんだよ」「なにをゆうてなはんねや、この子は。花を元に戻しなはれ。そんな寝間着でお客はんの前うろうろして、おまけに泥だらけやおまへんか。ほんまに。その花なんぼほどするとおもてなはんねん。わけのわからんことすんのも、大概にしとかんとあきまへんで。ほんまに」と婆ぁが言うのを聞いた瞬間、周囲の柱や壁が焦点の合わない画像のように奇妙な模様のようになり、帳場とロビーの間に立つ婆ぁが、ものすごく小さく見えたり大きく見えたりして、体中がぶくぶくするような感覚に襲われたかと思うと、次の瞬間、自分は花束を婆ぁに投げつけ、「うるせぇんだよ、婆ぁが。てぇげぇにするのはどっちだよ」と大声を上げたのだが、なんだか自分の声が遠くで鳴っているように聴こえて不安定な気分になったので、さらに、くるくるくるくるくるっ、と声を上げ、下駄のままロビーに上がって婆ぁにつかみ掛かったのだけれども、身体が思うように動かない。それでもなんとか婆ぁの襟髪を、「なんだ、てめぇ、なんだ、てめぇは」と、摑《つか》み、揺すぶった。「これ、なにしなはんねん、これ、ちょっと、誰ぞきとくなはれ。田中はん、田中はん」って婆ぁが大声を出し、板場から、スローモーションでばらばら人が飛び出してきて、婆ぁと自分を見て一瞬立ち尽くし、ややあって、「やめろ、おい、やめろ」などと口々に言いつつ、自分を取り押さえた。自分は猛烈に暴れた。しかし、板場の人間がばらばら飛び出してきて自分を拘束した瞬間、現実の肉体の痛苦を受けることによって、だんだんに正常な感覚を取り戻し、とにかく、自分の後ろから羽交い締めにしているこの男に、自分は危険な人間ではないということを知らしめねばならぬと、首を捻《ひね》って男の目をじっと見て、冷静な声で、「おい、離せ」と言ったところ、男は曖昧な顔つきになって力を緩めたので自分は、いやんいやんをするような格好でこれを振りほどき、また緊張する人々から二、三歩離れたところに素早く後退し、そこに立ち止まって、浴衣《ゆかた》の前をかきあわせ帯を締め直して、ロビーに散乱した花を拾って玄関から表に出てった。その間、自分も板場の人間も無言であったが、婆ぁひとり、「あんた、その花持って行くんやったら、花代払いなはれ。田中はん、あんた、この子板場ぃ連れていき、連れていって、花代分、皿洗いでもなんでもやらして働かしとくなはれ、ほんま、重子はん、どんな育て方したんや。これ、あんた、板場行って働きなはれ、これ、田中はん、田中はん」と、叫んでいた。

自分はアニキの墓前に花と香を供え、それから自室に帰って深夜まで黙想した。晩飯は食わねぇ。婆《ばば》ぁも呼びにこねぇ。

翌朝。珍しく午前中に起きた自分は、押入に放り込んであったスーツに五箇月ぶりに袖《そで》を通した。もうやれん。こうなったら自分は、土方でもなんでもやる。あんな血も涙もない婆ぁにこれ以上いいように小突き回されて生きていくのは御免である。自分は東京に帰って働く。決意しつつ最後に、バックルのところがシルバーで、熊《くま》ちゃんの顔になっているベルトを締めようとして、穴の足らぬのに気がついた。婆ぁの懸人《かかりゅうど》となって暮らすうち、知らぬ間に自分は随分痩《や》せてしまったのである。ああ、やくざの旅はつれぇなあ、と自分は、台詞《せりふ》を言いつつ錐《きり》を持ってくると、座敷の真ん中に立ったまま、左手でベルトの先端を持ち、ぎゅんぎゅんに引っ張って革を緊張せしめ、右手に持った錐を爪《つめ》で引っかいて印を付けた程良きところに突き立てた。ところがベルトの革は分厚く、なかなか穴が開かぬ、苛立《いらだ》った自分は渾身《こんしん》の力を込めて、錐を突き立てた。うーん、とやると突然、ずぶっ、と錐が通り、自分は、ふぎゃあ、と喚《わめ》いて畳に転がった。あんまり力を込めたものだから革を突き通った錐の先端が腹にまで刺さってしまったのである。ううう、と呻《うめ》きながら錐を抜き、シャーツをめくって調べてみると、赤い穴が腹に開いている。幸い、脂肪の層で止まり、内臓にまでは達していないようだが、しくしく痛む。自分はうなり声を上げつつ寝ころんだままシャーツの裾《すそ》をズボンにたくしこみ、かかる目に遭遇しつつ開けた穴の、手前の穴でベルトを止め、なお唸《うな》りながら立ち上がった。左手で腹を押さえつつ、前屈《まえかが》みで細々《こまごま》したものを鞄《かばん》に詰め、靴を履いて出かけようとしてはたと思った。金である。昨日はあの騒動で金を使わなかった。そしてまた今朝、いつものように婆ぁは、座卓の上に一千円を置いてった。すなわち自分の所持するところの現金は、昨日の分と合わせて合計二千円である。確か、新宿までの旅客運賃は八百五十円。ってことは、東京に戻った時点で自分は千百五十円で生活の基盤を構築しなければならぬ、ということになるのだけれども、これでは少しく心許《こころもと》ない。そこで自分はアニキの香典代わりに婆ぁの金を貰《もら》っていくことにして、婆ぁの部屋に侵入した。不用心な婆ぁである、件《くだん》の貯金箱が、あの時と同じく簞笥《たんす》の上に鎮座ましましている。抜け目ないように見えて肝心の所が抜けた婆ぁだ、ひひひひひ、と自分は笑い、いててて、と腹を押さえた。笑うと腹が痛い。顔をしかめつつも手に取ると、前、盗もうとしたときより幾分重くなっている。ざまあみやがれ。くそ婆ぁ、と、自分は鞄に貯金箱を放り込み、ただ盗んだだけでは、面白くないので、そこいらにあった紙に、婆ぁ、アデュウ、貴様は殺生《せっしょう》、貪欲《どんよく》の罪により地獄行きだ。かくいう僕も偸盗《ちゅうとう》の罪を犯した。地獄で会おう。でもそれまではアデュウ。アデュウ。と決別の言葉を書き残し、それから、台所に行って折りに、飯とありあわせのお菜《かず》をぎゅうぎゅう詰め、輪ゴムでこれを留めて鞄に放り込んだ。すなわち、汽車弁当の代わりである。ここいらあたり自分はもう新生活に向けて確実に生活者の感覚を身につけている、と、自らを誉《ほ》めつつ、自分は縁の下に放り込んであった革靴を履いてあたりに誰も居《お》らぬのを確認した。自分としては、岩田にだけは一言《ひとこと》別れを言いたかったが、婆ぁにみつかっては元も子もないので、岩田、貴様も早くこんなバイトは止めて、普通の温泉の板場になれよ、縁があったらまた逢《あ》おう、と心の中で告げるにとどめて、こそこそ門を出たのである。人生の門出。再出発。午前の爽《さわ》やかな陽光を浴びて自分は、腐りきった婆ぁの温泉旅館を出て、真の人生の第一歩の重みを感じつつ駅に向かったのである。

新宿。新宿。お降りのお客様は、お手回り品、網棚のお荷物をもう一度お確かめ下さい。というアナウンス。自分は還《かえ》ってきた。帰還したのである。今後は、婆ぁからの千円の捨て扶持《ぶち》ではなく、自らの知恵と才覚で生きて行かねばならぬのだ。それはつらいことかも知れぬ。しかし自分は頑張るのだ。そのためには、温泉旅館にのらついていたときのように腑《ふ》抜《ぬ》けていたのでは到底生きてはいかれない、不断の気配り、一瞬の勝負、例えば、そう、このアナウンス。こういうときだって温泉気分でぼんやりしていては駄目なのだ、って自分は、必要以上に力を込めて鞄を握りしめ、改札口へと向かった。しかし、久しぶりに還ってみると、なんという喧《やかま》しさであろうか。間断なく流れるアナウンス。人々の話し声。靴音。五箇月間温泉で腑抜けていた自分は、騒音のものすごさに、呆然としてしまった。しかしこんなことで挫けていられない。自分は、極度に緊張して駅構内を歩いた。とりあえず改札を出て人の流れに押されるまま歩くうち、いつの間にか自分は西口の地下を歩いていた。そして自分はある光景を目撃して、闇雲《やみくも》な恐怖にとらわれた。自分がかつて新宿に住まいしていた頃にもあったことはあった。しかし、それは目立たぬ人通りのないところに、それと注意していなければ気がつかぬほどであったのであるが、自分が婆ぁの温泉で腑抜けている間、東京の生存競争は余程厳しくなったのか、ゲームから脱落する者が大幅に増加して、駅頭のかかる目立つ場所に、乞食《こじき》の一大集落が忽然《こつぜん》と発生していたのである。段ボールで拵《こしら》えられた惨《みじ》めな小屋の立ち並ぶその界隈《かいわい》には尿臭《にょうしゅう》が立ちこめていた。ある人は本を読んでいる。ある人は虚《うつ》ろな視線で往来の人を眺めている。またある人は車座になって酒を飲んでいる。そして上等の背広を着た部長や課長、流行のスーツを着こなしたすらりとしたOL達は、談笑したり、携帯電話で話したりしながら、これらの人々が恰《あたか》も存在しないかのように、足早に歩いているのである。この人達には家がない。いや、あるけどそれはこの頼りない段ボールなのであって、家なき子、なんて餓鬼の時分に読んで笑ってたけれども、この人達は家なき大人であって、いま自分はちっとも笑えない。なんとなれば自分だって家がないのである。その人達の惨めな姿を眺めるうち自分は、自分だってちょっと怠ければいとも簡単にかかる境遇に落ちるのだ。働こ、と心の底から思った。腹はまだしくしくするけれども、幸いにも自分には、婆ぁから盗んだ金が十万以上あるのだ。だから今日は求人情報誌を買って、ホテルに泊まる。風呂《ふろ》に入り、風呂から上がったら、なんでもいい、仕事を見つけるのだ。そして明日は、髭《ひげ》を剃《そ》り清潔な身なりで面接に出かけていくのだ。仕事が決まったら、狭くてもなんでもいいから、アパートを借りる。生活の基盤を築くのだ、と、自分はさらなる決意を固め、さっき電車の中では警報の音が周囲に聞こえるのを慮《おもんぱか》って開けないでいた貯金箱を、とにかくいまはそうやって警報がどうの、などと悠長《ゆうちょう》なことを言っている場合ではない。浮浪人になるかどうかの瀬戸際《せとぎわ》なのだ、と、柱の陰に移動して鞄から取り出した。ずしりと重い。この重みがあるうちは大丈夫だ、って自分は、貯金箱を開けた。すぐに警報が鳴り響いた。しかし、あの時、あれほど大音響だと感じてびびった警報の音が、ここ新宿においてはさほど大きく感じられず、事実、通行の人も見向きもしないのである。

中を見て、一瞬、頭の中が真空状態になった。

貯金箱の中には碁石がぎっしり詰まっていて、うえに、婆ぁの筆跡で、渇《かつ》しても盗泉の水を飲まず、と書かれた紙が一枚入っていたのである。

自分は新宿駅西口地下の段ボールハウスが立ち並ぶ柱の陰に立ちつくし、暫《しばら》く動けないでいた。

6

扇風機がゆるゆる部屋の中の暖かい空気をかき混ぜ、ベランダには、薄汚い空を背景に猿股《さるまた》などの洗濯物が情けなく垂れ下がっているのが見えるが、考えてみればきわどいところであった。

千百五十円を握りしめ柱の陰に立ち尽くす自分の眼前で車座になって乞食が宴会を開催していた。一人だけ女乞食が混じっていて、男乞食にちやほやされ、歯のない口を開けて、くねくね媚態《びたい》を示していた。その様を眺めて自分は慄然《りつぜん》とし、なんとかしなければと焦《あせ》ったが、しかし、知りびとに電話をかけるのは躊躇《ためら》われた。例のアシッド食い逃げの一件があったからである。もし久米夫《くめお》やなんかに電話をかけて助けを求めた場合、そこから足がついて自分はしめられる。じゃあやっぱりこれか、乞食か？　俺は？　と呆然《ぼうぜん》とするうち、自分は小松のメモのことを思いだしたのである。自分は紙入れを取り出し、あれよ、小松のメモ、と祈るような気持ちでカード類を点検し、靴の修理屋のサービス券、眼鏡屋の顧客カード、歯医者の診察券などに混じって小松のメモが出てきたときは、助かった、と思った。が、甘かった。小松は仕事に出かけているのであろうか、留守番電話の不人情な応答メッセージが流れるばかりである。しょうがねぇ、とりあえず夜まで待とう、と思ったが、いざり八百、千百五十円しかねぇのではどうしようもない。とりあえず自分は中央公園に行った。植木があって、噴水があって、ベンチがあった。自分はベンチに腰掛けてじっとしていた。今朝までいた婆ぁの温泉ででも自分は日中、じっとしていたのであり、基本的には同じことである。しかし、いま、どこかこう落ちつかぬというのはなぜだろうか。十分かそこら座っていただけなのに、なんだか身体《からだ》全体が汚れたような埃《ほこり》っぽいような心持ちがするのである。これがすなわち浮浪ということであろうか。って、自分は焦り、また小松に電話をかけに行ったのだけれども、また不在。しょうがねぇので、罐入りのお茶を買ってベンチに戻ると、いま定年退職しました、って風情《ふぜい》の貧相なしょぼくれた親爺《おやじ》が、先程まで自分が座っていたベンチに紙袋を置き、その前に立っているのである。自分は、そこは俺のベンチだよ、退《ど》けよ、と言いたくなった。浮浪をしていると、なぜか、ベンチひとつにもこだわりを感じるようになるのである。そういえば猫も微妙なポジションを巡って終始諍《いさか》いを起こしていたが、その気持ちが初めて分かった。しかしそれはいえねぇ、だって公共のベンチだからな、って、しょうがなく自分は自分のベンチのひとつ隣のベンチに座り、さっきまではやることがなかったのだけれども、いまは自分のベンチを占領したこの親爺を憎悪《ぞうお》する、ということができる、って、じろじろ親爺を見た。最初は、いま定年退職しました、って風情、と思ったが、よく見ると、もう大分前に定年退職して、再来年《さらいねん》から老齢年金を貰《もら》います。って風情の、いずれにしても悄然《しょうぜん》として孤独と疲労の陰がその風体《ふうてい》に濃厚ににじみ出た、背の低いみすぼらしい身なりのその親爺は、ベンチの上においた紙袋から紙箱を取り出すと、慎重に梱包《こんぽう》を解き、腫《は》れ物にさわるような手つきで中のものを取り出した。それは買ってきたばかりの一眼レフのカメラで、親爺は目の前の東京都庁舎に向けてこれを構え、シャッターを押す真似《まね》を何度かしたが、おそらくこれまでカメラというものを扱ったことがほとんどなかったのであろう、その手つきはきわめてぎこちなく、全然さまになっていない。暫く真似を続けた親爺は、気が済んだのか、元通りカメラを梱包し直して紙袋に戻し、今度は別な包みを取り出し、がさがさ梱包を解《ほど》いた。出てきたのは交換用の望遠レンズと革のレンズケースだった。やはりぎこちない手つきでレンズをひねくり回し、ケースのチャック部の開閉具合の様子を調べている。しかし、見れば見るほど親爺のぎこちない手つきには、なにかこう切迫した真剣味と不安な様子が感じられ、それが証拠に、親爺は、先前からの自分の無遠慮な視線に、ちっとも気がつかぬのである。ややあって親爺は、レンズをレンズケースに入れるのではなくして、レンズは紙箱にしまい、レンズケースも買ったときに店員が入れたビニール袋にしまって紙袋に入れ、今度は三脚を取り出し、これも仔細《しさい》に点検した後、元通りにしまい、そうすると買ってきたものはお仕舞いらしく、親爺は紙袋を大事そうに抱えてベンチに座った。しかし、しばらくすると、怯《おび》えたような表情を浮かべたかと思うと、再びそそくさと立ち上がり、また、カメラを取り出して動作を確認するとこれをしまい、望遠レンズを取り出してまたしまいという一連の動作を繰り返すのである。この親爺がなぜカメラを買ったのか、また、なぜ、かくも何度も出したりしまったりしているのか、その理由は自分にはさっぱり分からぬのだけれども、このまま見ていると、親爺の、おそらく親爺の人生にとって無意味な、カメラ、というものを大枚をはたいて購入せざるを得なかった、その急調子な気持ちの流れの行き着く先、のようなものが見えてしまうのではないか、って不安になった自分は、また望遠レンズをひねくり回している親爺をそこに残し、知らん、知らん、自分には関係のねぇことだ、って、ベンチを立って電話をかけに行ったのである。

それから、身体がますます埃っぽくなっていくのを呪《のろ》いながら、ビルのB1階、巨大な時計が設置してある吹き抜け広場のベンチに座って罐ビールを飲み、百貨店のフロアーをさまよい、映画館のポスターをじっと見つめ、その脈絡のない行動の切れ目切れ目に、電話をかけて、やっと小松が出たのは、疲れはてて喫茶店に入ってコーヒーを飲んだため、所持金が百円をきってしまったことを悔やみながら喫茶店を出た後、夜の十時を回った頃だった。酔っぱらっているらしい小松は、いま東京に居て、これからそっちに行こうと思うんだけど、というと、「ほんとですかぁ、来て来て」ときわめてノリがよく、自分は、今度こそ本当に助かった、と思った。このまま、小松と連絡が取れなかった、或《ある》いは、取れても、今日は都合が悪いなどと断られた場合、自分は、往来に寝るか、昔の知り合い連中に電話するしかないわけで、つまり、浮浪人に身を落とすか、やくざの人に半殺しにされて路傍に転がされるところであったのである。

小松の借りている部屋は西新宿にあった。メモを片手に自分は、中央公園を横切っていった。昼間、座ってたベンチの辺りが水銀灯に照らされていた。ベンチの周りには吸いがらや空き罐、紙袋などが散乱していて、根元のところに、例のカメラの親爺が横たわっていた。倒れている親爺の脇《わき》を通り過ぎしばらくいくと道路に降りていく階段に、カラフルな服装の十代の若者が、奇声を発し、ぴかっ、ぴかっ、とストロボを光らせて、互いの肖像写真を撮りあっていた。自分は足早に通り過ぎたが、ぴかっ、と光る度に、彼らの上げる歓声・奇声が公園を出た通りのところまで響いていた。

招じ入れられて卓袱台《ちゃぶだい》の前にどっかと座り、よく見ると、ドライヤー、焼き網、洗濯ネット、ちりとり、まな板立て、歯ブラシといった所帯の不細工なものがそこかしこに散乱しているのだけれども、その時は気がつかない。いかにも若い女の一人暮らし、って部屋で、ワイン、ビール、ウイスキー、ジンなんていろんな酒を並べて貰《もら》って、ああやっと、落ちついたよ、なんて、浮浪の緊張から解放された自分は、やっと普段のペースを取り戻し、埃っぽいスーツを脱いで小松のティーシャーツを借りてこれに着替え、リラックスして酒を飲んだ。で、酔っぱらって、じゃあ寝ますか、って段になって、自分の心は千々《ちぢ》に乱れた。ベッドはひとつである。例の乳揉《ちちも》み調査のときもそうだったけれども、やらせてくれるのか、くれぬのか、そこのところがはっきりしない。風呂に入り、ピジャマに着替えた小松は落ちついた態度でベッドを整え、「じゃあ清十郎さん、ここで寝ていいよ」と言う。わざとらしく吃《ども》って、「君はどっ、どこで？」と言うと、小松は、うふふ、と笑ってベッドに入ってきたので、自分は照れて、「今度盆踊りがあったら揃《そろ》いの浴衣《ゆかた》を拵《こしら》えて踊ろうね」と、訳の分からぬことを口走り、それからやった。終わって煙草《たばこ》を吸いながら旅行のときの思い出、たってほんの一週間ほど前のことだけど、の話になって、そういや、ミオちゃんはどうしてんの？　と、訊《き》いた自分の一言《ひとこと》をきっかけとして意外な事実を知った。つまり、結論的に言うと、あのときなにもリサーチなんてまどろっこしいことをやる必要はなにもなく、強引にやってしまってなんの問題もなかった、という事実である。自分の何気ない、「そういや、最近ミオちゃんはどうしてんの？」という一言に小松は露骨な反応を示し、「あんな馬鹿《ばか》、信じらんない」と乱暴なことを言うのである。えっ、どういうことです？　と、話をよく訊くと、あの自分の乳揉み調査に関して、二人は無反応であったのではなくして、お互いを牽制《けんせい》しあっていたらしいのである。つまり、自分の陰茎はこれ、残念なことに一本しかないのであり、同時同所にて二人を相手にするのは不可能である。したがって、やるとすれば、あの場合、小松かミオ、二人のうちどちらかを選択せんければ相成らぬのだが、そのことを敏感に察知した小松とミオは、どちらが自分の相手をするか、ということで冷戦状態にあり、しかし、人間には虚栄心というものがあって、すなわち乳揉み調査に積極的に協力するなどのあまりにも露骨な態度はとれず、帰途、列車の中で、「あんたなによ、清十郎さんに胸、押し付けてたじゃないの」「あんたこそなによ、自分だけ電話番号渡して」という喧嘩《けんか》・口論になったというのである。そうならそうと言ってくれれば自分だって苦慮しなくて済んだのであって、例えば、じゃんけんで順番を決めてもらって順次やってもよかったのだけれども、そうもいかなかったらしい、というのがどうも真相であったということらしいのである。なんだそうだったのか、はは、苦慮しただけ損をした。しかしまあ、こうやって宿にもありつけ、その上、やれたのだからいいや、と思ううち、昼間の肉体的の疲れもあって、自分はことんと眠ってしまったのである。

翌朝。起きてみるとテーブルの上の昨夜の宴会の残骸《ざんがい》の間に、会社に行ってきます八時には帰れると思います♡、と書いたメモがあり、数枚の札と小銭があった。自分は、いつまでこうしているわけにはいかぬ、とにかく自活、と、札と小銭をポケットにねじ込むと求人情報誌を購入すべく、コンビニエンスストアーに向かった。ところがどうい う訳か自分は、求人情報誌は購入せずに、煙草と牛乳と元・警視庁検死官／犬山権蔵《ごんぞう》監修　ビックリ事件簿「変死体が語る！」という文庫本を購入し、戻ってくるやベッドにひっくり返ると、牛乳を飲み、煙草を吸い、「変死体が語る！」を熟読し始めたのである。それからというもの毎日、起きたらコンビニエンスストアーに行く、文庫本と煙草と牛乳を買う。買ったら中央公園に行って文庫本を読む。読んだら帰ってテレビで料理番組などを見る。そのうち小松が新宿駅から電話をしてくるので途中まで迎えに行く。二人で買い物をする。飯を食う。やる。やったら寝る。という生活パターンがすっかり定着してしまったのである。

しかし、いまつくづく思うのは、自分という人間は神によって数奇な人生を送るようにデザインされているのだな、ということ、すなわち猿股《さるまた》の一件である。

このところなにが不満なのか、小松は荒れ気味で、最初の頃と違って、自分に対して乱暴な口を利《き》くことが多く、そうなると自分もむかつくので、喧嘩・口論となり、その日の朝も、小松と言い争いをして、小松が出かけた後、憤然としてコンビニエンスストアーに出かけ、「ムー大陸の真実」という本を買ってきたのだけれども、気持ちが荒《すさ》んでなかなか文学の世界に入っていけず、仕方ないので本はやめて、「今日の料理」を見て、素材の準備も終わり、いよいよ料理も佳境へ、というところへ電話があった。誰かは知らんが、まったくもってなんというタイミングで電話をかけてくるのだ。失敬な。と機嫌の悪い声で出ると、聞き慣れぬ中年女性の非難がましい声で、おたくどなた？と吐《ぬ》かしやがるので、てめぇこそ誰だよ？と言うと、百合子《ゆりこ》の母ですが、と語尾を上げ、一瞬、百合子？知らねぇよ、そんな奴《やつ》、と言いかけ、やっ、しまった、小松の親か、と、気がついた自分は、咄嗟《とっさ》に、間違いじゃねぇの、うちは猿渡ですよ、と言って電話を切ったが、電話は何度も鳴る。不安な気持ちで一日を過ごし、夜分になって帰宅した小松に、朝、お母さんから電話あったぜ、ばっくれたけど、と言うと、小松は青くなった。小松によると、小松の親というのは、実に厳格な親であって、娘が、自分のごとき遊冶郎《ゆうやろう》を引き入れ、ふしだらな生活を送っていることが発覚した場合、大騒動が勃《ぼっ》発《ぱつ》するかも知れぬと言うのである。わちゃあ、どないしょ、と言っているところへまた電話が鳴り、深呼吸して小松が出て、うん、うん、うん、えーっ、明日？ あたし会社あるよ、うん、うん、分かった、うん、じゃあね、と電話を切った。なんだ、なんだ、と訊くと、つまり、小松の母親が、親類の結婚式で上京する、それに当たって、永らく会わぬことでもあるし、その晩は娘、すなわち小松のところに宿泊する、という趣旨の電話であったらしい。ってことは、勿論《もちろん》自分がいつものように部屋に蟠《わだかま》っているわけにはいかぬのは当然のこととして、自分の生活の痕跡《こんせき》、乃《すなわ》ち、男物の剃刀《かみそり》、灰皿、男性週刊誌やなんかが部屋に転がっているのもまずい。とっ、とにかく隠そう、ってんで、二人で泡食って、深夜、二時頃までかかってそれらの品々をクローゼットの奥深くに隠匿《いんとく》し、へとへとになって、その夜は普段着のまま眠り、朝、部屋を出て、公園、劇場、喫茶店、カプセルホテル、とさまよい歩き、慎重を期す意味で、翌日も夜まで雑踏を彷徨《ほうこう》して、日が暮れるのを待ってから闇《やみ》に乗じて帰宅したというのに、一点、我々はぬかった。小松の母親は、ベランダにへんぽんと翻《ひるがえ》る男の猿股を発見したのである。母親は娘を問いつめ、娘はごまかしきれずに自分の存在を白状してしまい、それからちょっとした騒動になって、自分は、小松の両親と面会する破目になってしまったのである。

いっそ、てめぇこの野郎、人の娘を疵物《きずもの》にしやがって、ぶっ殺す、と言われれば気楽だった。当初の予定では、僕は能無しです。僕はすいませんです。僕は謝るしかありませんのです。すいません。すいません。と土下座をする予定だったのが、小松の両親というのが、これ、実にいい人で、朴訥《ぼくとつ》な田舎言葉であんな娘ですが、ひとつよろしくお願いします、と、両親揃《そろ》って深々と頭を下げられた自分は、なにも言えなくなってしまったのである。それから寿司《すし》屋《や》に行って酒を飲み、酔っぱらった自分は、なんでそんなことを口走ってしまったのか、いまとなってはさっぱり分からぬのだけれども、その場の勢い、ノリで、お父さん、僕は必ず娘さんを幸せにしてみせます。僕はいま文学の勉強をしています。しかし、こうなった以上、そういう悠長《ゆうちょう》なことは言いません。これからは実業をやります。信じて下さい、お父さん、実は僕は料理の勉強もしているのです。と言ってしまったのである。いまから考えれば、まるで声帯がひとりでに動いたとしか考えられない。しかし言ってしまったものはしょうがない。翌日、自分はついに帰京以来の懸案の求人情報誌を購入し、明日からスーパーマーケットの店先で餃子《ぎょうざ》を焼いて売るてなことになってしまったのである。

たった一枚の猿股のために自分は、笑顔で餃子を焼き、笑顔で、餃子いかっあすか、などと声を張り上げ、笑顔で主婦に餃子を売り、疲労困憊《こんぱい》して這々《ほうほう》の態《てい》で帰宅するや、ベッドにぶっ倒れ、そのまま気絶するように眠り、絶望的な気分で目覚まし時計の音を聞いて目覚める、という毎日を明日から送るのである。

いま自分は窓の外の洗濯物を眺めて、猿股一枚の重みを噛《か》みしめている。

試しというか。練習というか。周囲に人が居ないのを幸いに、自分は笑顔を作って、餃子いかっあすか、と言ってみた。自分の、餃子いかっあすか、は、意外にちゃんとしていた。

7

先程から、ベッドに横たわり、傍らグラスをおいてだらだら飲みつつ、音を消したテレビ番組を見ている。まだ若いのに頭の禿《は》げたコメディアンがやきそばをこしらえているが実に不味《まず》そうである。自分だったらああいう風にしねぇのにな、と思った瞬間、また鳴りやがるコール音。もういいかげんにやめろよ、気色の悪い、と思うがそれもしょうがねぇ、というのは、まず餃子のことである。つい先日まで自分は、環状道路に面する、年商百億円台の中堅スーパー「オランピア」犬伏店の店先で餃子を売っていた。

「オランピア」は、事務所に転がっていた「流通経済」という雑誌によると、本年第二期目の経常利益が前年比92‰といった体たらくでどうも苦しいらしいが、自分は餃子さえ売っていればいいわけだからそんなことはどうでもいい。ところが困ったことに、肝心の餃子が売れぬのである。

餃子といってもただの餃子ではない。店の入り口のところにプロパンガスのボンベを設置し、鉄板に餃子を並べライブで焼く。お客様に焼き立ての熱々を召し上がっていただこうという寸法である。そして、特筆すべきは、この餃子そのもので、海老《えび》入りの餃子、花の形をした餃子、金魚の形をした餃子、桃の形をした餃子といった、ファンシー・変わり型の餃子なのである。だから最初は、物珍しさも手伝って結構売れた。焼いても焼いても追いつかぬくらいに売れたのである。ところが三日目あたりからだんだん売れなくなり、四日目に、黒縁眼鏡をかけた学生のような男が海老入りを一個買ったのを最後に、五日目以降は、まったく、ひとつも売れぬのである。もちろん、自分は時間給で雇われているのであり、餃子が売れようが売れまいが、経済的には無関係なのだけれども、売れていた頃は楽しかった。どらぁ。俺は餃子を焼くのだ。おら、買え、買え、と、がんがん餃子を焼き、がんがん売る。テンポ、グルーヴ、躍動感、キテル感、いわば活気、精神の盛り上がりがあったのである。ところが、売れない餃子屋ほど惨《みじ》めなものはない。店の入り口と駐輪場の間のやや傾斜した漠然とした一角にしょんぼり佇《たたず》み、鉄板にちまちま餃子を並べ、蓋《ふた》をする。暫《しばら》くすると餃子が焼ける。焼けたら透明のプラスチックケースに入れ、輪ゴムで蓋を留めて台の隅に並べる。後はひたすら立ち尽くすばかりである。みっともない白衣を着て。曖昧《あいまい》な笑顔で。買い物の主婦達は当方を見向きもせず店内に入っていき、やがて買い物袋を提げて出てくる。このとき自分は心の奥底で、僕の餃子を食べて下さい。真心の餃子です。ファンシー・変わり型の餃子なのです。食べて下さい。買って下さい。奥さん。奥さん。と叫ぶ。しかし売れない。五分、十分と時は空しく過ぎ、餃子はぐんぐん冷めていく。寂しい。そして侘《わび》しい。あんまり寂しいものだから、いきおい、自分の表情は暗いものとなり、陰気な兄ちゃんが冷めてしまったいかにも不味そうな餃子を売っているのだから、客の購買意欲が低下するのも無理はない、ますます売れぬのである。この悪循環を断ち切ろうと自分は、気を取り直し、キテル感を演出する意味で、威勢良く、鉄板いっぱいに餃子を並べ、無理に微笑《ほほえ》んで、「餃子いかあっすかあー」と絶叫する、なんてなこともやってみた。しかし、やはり餃子は売れず、台の隅のケースが堆《うずたか》くなるばかりで、無理に明るさを作った反動で、心の中の虚無感、敗北感、絶望感は、いや増すのである。

辛い餃子とはまた別に、家庭内の自分の地位も低下の一途《いっと》を辿《たど》っていた。大体が最初、小松は、自分のことを清十郎さん、と呼んでいたのだ。それがいつの間にか、清十郎になり、最近では、おまえ、もしくは、てめぇ、ついには、能無し、穀潰《ごくつぶ》し、ヒモ野郎にまで下落したのである。しかし、考えてみれば、小松は、自分を、かつての舞台上で脚光を浴びていた自分だと思って、同棲《どうせい》生活を開始したのであって、昇り調子のミュージシャンであった自分と売れぬ餃子屋である自分とのギャップを考えれば、小松が自分に対して、幻滅するのも無理のないところではある。餃子が苦しいのだから、自分としては、せめて家庭だけでも明るい場所にしたかったのだが、しかし、自分が売れぬ餃子屋である以上、小松が以前のように自分を尊敬するということはないのであって、そこで自分が考えたのは、自分が再びかつての地位を得るためには、即刻、餃子屋を辞め、バンドを再開すればいいということである。簡単なことだ。しかし、それが叶《かな》わぬというのは、例のアシッドの一件であり、しかし、この地獄が永遠に続くことを考えれば、一度くらい半殺しになってもいいかな、とも考え、しかし、間違えて全殺しになった場合のことを考えると、それも切なく、自分の心は千々《ちぢ》に乱れ、苦悩の日々を送っていたのである。

そしてある日の午後三時、ついに自分は切れ、どうせ誰も買わぬ餃子じゃないか。自分がここに立っていようといまいと同じことだ。馬鹿馬鹿しい、と、近所のラーメン屋に行ってビールを二本飲み、四時頃、赤い顔をして戻ってみると、店長が憤怒《ふんぬ》の形相で立っていた。拍子の悪いことに、そうして自分がいないときに限って、餃子を買いにきた夫婦者があったというのである。買うなら自分がいるときに買えばいいものを、まったくもって間抜けな夫婦者があったもので、きゃつらは、自分がいないので、レジに餃子を持っていき、当然、店のレジでは餃子代金を処理できぬ、レジの女の子は、餃子屋さん、餃子屋さんと絶叫して、自分を探し回ったのだという、無駄なことをしたものである。その頃自分はラーメン屋でビールを飲んでいたのだ。夫婦者は早くしろ、と文句を言うわ、業務は渋滞するわ、で大騒ぎになって、結局、自分が戻るまで店長が店番をしていたというのである。自分は店長に人間の体をなさなくなるまで叱責《しっせき》され、ぼろぼろになっての帰途、電車の中で車窓を流れる暮れなずむ町の風景をぼんやり眺めながら、もういい、もう殺されたっていいから、自分は帰ったら直ちに久米夫《くめお》に電話をかけバンドを再開する、と決意を固めたのであるが、部屋にたどり着き、鍵《かぎ》を開けようとすると開いている。閉め忘れたのか、と訝《いぶか》りながら、ドアーを開けると、明かりがついていて、朝、出てった筈《はず》の小松が恐い顔をして座っており、なぜ帰っているのだと訊《き》くと、あろうことか、会社を辞めた、というのである。餃子を辞めようとした矢先に小松に先を越され、どういうことだ、と驚愕《きょうがく》する自分に小松が話した話を要約すると、いま現在、小松は妊娠三箇月であり、今後は、出産、育児に専念するため本日付で会社を辞めた、ついては今後の生活に関する費用全般をもっぱらてめぇが稼げ、ということらしいのだが、まったくもって無茶をする女もあったもので、餃子屋は時間給七百五十円。日当にして約四千七百円、月にして十一万円あまりにしかならぬのであって、正味の話、部屋代だけでも月額八万円である。乳飲み子を抱えて暮らしていかれるわけがない。じゃあ、餃子を辞めてバンドを始めて、といったところで、レコーディングをして儲《もう》けが出るまでには、早くとも二、三箇月はかかるだろう、しかし、部屋代は月末に支払うのがきまりであって、バンドなどやっていたのでは、到底、間に合わぬ、じゃあ、乳飲み子を抱えて親子三人で、これから寒くなるというのに、駅の乞食村《こじきむら》に住むのか、嫌だよ、自分は。失敬な。と、小松の顔を見ると、考えていることが顔に出ていたのか、小松は、「とにかく、あたし仕事辞めたんだから、なんとかしろよな、てめぇ」と、言ったきり、それ以上なにも言わなくなったのであるが、何とかしろといわれても、自分は、映画学校卒で手になんの職もない。潰《つぶ》しが利《き》かぬのである。餃子を焼くのは人より少しばかりうまいが、それとてちっとも売れぬ。あぶぶぶ。って、自分は考えているようなふりをし、それから、あっ、と思いついた仕草をし、そして、「ちょっと行って来るよ」と台詞《せりふ》を言ってそのまま小松の家から逃走したのである。

で、自分がどこに逃げたかというと、すなわち、ここ、すなわち、小松の態度が刺々《とげとげ》しいものとなって以来、密《ひそ》かに小松の手帳で調べ、たびたび息抜きに来ていたミオの家であって、ぜんたいミオという女は、なにかと杓子定規《しゃくしじょうぎ》の小松と違って、人生を投げているというか、なめているというか、仕事だって、風俗営業店で働いていたかと思うと、急に、画廊で働きだし、しばらくするとそれも辞めて、ぶらぶらしていたかと思うと、なにを思ったか、商社に就職し、三月経《た》たぬうちにそれも辞めて、と、きわめていい加減で、最初から、カラオケでもっと積極的に乳を揉《も》むなどしてミオと出来合っていれば、餃子やなんかで苦労しなくとも済んだのであって、そこのところはつくづく悔やまれるが、「小松んとこ、おん出てきたから暫く泊めてくれ」という自分に、ミオは、いいよー、と相変わらず気楽で、上がるとちょうどミオは、この部屋を訪れる度に二人でやっていた、ポップンツインビーという、悪人に捕らえられた親、たって巨大な蛸《たこ》なのだけれども、を宇宙船に乗り込んで救出に向かう、という筋立ての楽しいファミコンゲームをやっていたところで、陰気な話は一切抜きで、自分もただちにゲームに参加し、ツインビーたる自分と、ウインビーたるミオは、様々のトラップ・難関を一致団結して乗り越え、その夜、ついに、どうしても乗り越えることの出来なかった最終局面をクリアーし、父たる大蛸の救出に成功し、抱き合って喜んだのである。

そして今日は今日で、夕景、二人でファミコンショップに出かけて購入した、ダブルドラゴンという、これも二人の兄弟が力を合わせてクンフーで悪漢を倒していく、というゲームをやり、自分がやられそうな際はミオがこれを助け、ミオがやられそうなときには自分がこれを援護して、兄弟相和し、悪漢にパンチやキックをびしびし決め、道に落ちていたヌンチャクを拾って、その拾ったヌンチャクでもって顔面を殴ると、凶悪な顔をした悪漢が急に弱気な顔になって、血反吐《ちへど》を吐いてきりきり舞いするのを見て、げらげら笑い合いながらゲームをしていたのだけれども、ウイスキーを飲みながらやったものだから、次第次第に酔いが回って、手元がおぼつかなくなり、じゃあ今日はここまでにしますか、ってんで、ゲームの局面をセーブし、ふたりでマグロのごとくベッドにごろごろ転がり、ほどなくしてミオは鼾《いびき》をかいて眠ってしまい、自分もゲームの興奮が徐々に薄らいでうとうと仕掛けた頃に、突然、電話が鳴りだしたのである。黙殺していると、きっちり三十回鳴って電話は鳴り止《や》み、五分ほどして、また鳴る、というパターンが正確に繰り返され、自分はすっかり目が覚めてしまい、さっきからテレビ画面を眺めているのであるが、馬鹿《ばか》である、電話のパターンが五巡目に入って、やっと自分は気がついて、電話のコードを引き抜き、その際、誤ってグラスをひっくり返してしまったのだけれども、まあいいや、って、新しいウイスキーを注いで一口飲み、それからまた音を消して、ひとりでダブルドラゴンをやったのであるが、ひとりではやはり弱くて、三度、死んだ時点で自分は諦《あきら》めて寝たのである。

8

薄っ暗い部屋でヘッドホンを装着して、ぽっぺらぺらぺぽっぺっぽ、ぽっぺらぺらぺぽっぺ、ぽっぺらぺらぺぽっぺっぽ、ぺらぺらぽっぺ、ぽーぽーぽー、って音楽で始まる料理番組を見ている。画面では、チキンの香草焼きを拵《こしら》えていやがるが、ちっとも面白くない。面白くはないけれども、ここまで見たのだから最後まで見ようじゃねぇか、しかし、へっ、私は暇つぶしとしてテレビを見ているというのに、その暇つぶしが暇。だから、暇つぶしの暇つぶしとして煙草《たばこ》を吸うたろ、ええっと、煙草はどこに……、と部屋の中を見渡すと、あった、あった、向こうの部屋のベッドの下にマールボロとライターが落ちている。居間に寝ころんでいた自分は、立ち上がりベッドの方へ歩いて行き、しかし、寝室の中程で立ち止まり、それ以上一歩も歩けなくなってしまった。昨日遅く、自分が寝てしまってから帰ってきたらしいミオがまだ眠っているのに気を遣って使用していたヘッドホンのコードが伸びきってしまったのである。この局面において、煙草を取るのには、二つの方法がある、すなわち、ひとつは、ヘッドホンを外して、すたすたとベッドまで歩み、煙草を取り、而《しこ》うして後、再びヘッドホンを装着するという方法であり、いまひとつは、このまま強引に突き進み、結果的に脱落するであろうコードを、煙草を取りたる後、再び、端子に接続するという方法である。それぞれに一長一短がある。すなわち、前者の方法を選択した場合は、ヘッドホンが生きているのだから、音は外に漏れず、安らかに眠っているミオを起こさずに済むという長所があると同時に、いままさに、その核心部分にさしかかった、チキンの香草焼きの調理方法を聞き逃すという短所をもち、また、後者には、ちょうどその逆の事態を招くのであり、懊悩《おうのう》の揚げ句自分は、そのどちらでもない方法を選択した、すなわち、限界を超えて己の肉体を苛《いじ》め抜くという苛烈《かれつ》な手法を選択したのである。

まず自分は、テレビジョン前面の音声出力端子、つまり、床から約五十センチの位置まで頭を下げた。それから、身体《からだ》を横向きにしたうえで極端ながに股《また》になって、左手を、目指すベッドの下のマールボロの方角にぴんと伸ばしたのである。

あっ、あっ、あっ、もうちょっとや、もうちょいや、あっ、あっ、あっ、よっしゃ、届いた、って、煙草に手が届いたと思った瞬間、自分はのけぞった。アナウンサーの、「ということは先生、この焦《こ》げ目がついたら蓋をして」というきんきん声が、突如、部屋の中に響きわたったのである。自分は慌《あわ》てて音量を下げようと、リモートコントローラーを探したが、これがみつからない。部屋の中をうろうろしていると、ふにゃふにゃ、って、目をこすりながらミオが起きてきて、ごめん、ごめん。いいよ、いいよ。起きようかなと思ってうとうとしてたとこだったから、って、ミオとともにベッドの中から出てきたリモートコントローラーでテレビの電源をオフにして、差し向かいで煙草を吸った。そいから、コーヒーでも飲みに行きますか、って、部屋を出てデニーズに行ったのであるが、自分はコーヒー、ミオは冷たいお茶を頼んで、それらが運ばれてくる頃、やっと人間らしくなってきた極度に寝起きの悪いミオが、「昨日さあ、あたし、呼び出されて小松に会ったよ」と言うのを訊いて、自分は、うぐ、と噎《む》せた。「なに、で、なんて言ったんだよ？　まさか、いまあたしの部屋でポップンツインビーやってるよ、って……」「いわないよ。いうわけないじゃん」「そうだよね」「けどさあ……」とミオは語尾を濁す。心臓に悪い。自分はコーヒーをがぶりと飲んだ。「あちゃちゃちゃちゃちゃちゃちゃちゃ」「大丈夫？」「大丈夫、大丈夫。ちょっとコーヒーが熱かっただけだよ。こっちは大丈夫なんだけど、そっちのほうは大丈夫なのかな？」「うん。大丈夫、大丈夫。だってこれアイスティだもの」「いや、そうじゃなくて、彼女の方」「ああ、小松？　それがさあ、なんか、やばい、って感じで……」「やばい、ってのは、どういう方面にやばいのかな」「なに、清十郎さん、小松と婚約したの？」「いや、別に婚約とまではいかない、っていうか、まあ、餃子屋《ぎょうざや》になっただけっていうか……」「餃子屋、って？」「いや、いろいろあるんだよ。海老《えび》入りとか、桃のやつとか」「桃？」「うん、まあ、それはおいおい話をするけど、餃子は。けど、彼女の方は……」「なんか、切れてさぁ、小松。煮詰まってるっていうか、目とかも変で、で、あたしとぼけてたんだけど、清十郎さん、小松の部屋に手帳忘れてきたでしょ」「あっ」「その手帳に、あたしの電話番号書いてあったつって、あたし言った覚えないんだけど、って、笑ってんだけど目は笑ってない、っていうか」「しまったぁ」「で、その手帳見て載ってる番号に片っ端から電話かけたんだって」「やっべえ」「そしたら、なんかみんなすっげえ、むかついてて、逆に怒鳴られた、つって」「やっぱり」「で、またあたしに、本当に知らない？　って訊くから」「知らない、って言ったんだよね」「うん」「じゃあ、まあ大丈夫だね」「うん、けど……」「えっ、なに、なに、なに、なに」「小松さあ……」「なに」「ほんとはあたしもだいたい分かってんだよねー、つって、あたしの目、見て、黙っちゃってさあ」「で、どうしたの？」「じゃあね、って帰った」「ってことは、だ、やっぱりばれてんのか？」「わかんない」「しかしだよ、問題を整理して考えるとだ、もしばれてたとしてだよ、そいで小松が、だ、みんなにあいつはいまミオの部屋にいると触れて回ったとしたらだよ、俺は半殺しプラス半殺しで、みな殺し、ってことに……」「だったらやばいよねー」と、ミオは相変わらず他人事《ひとごと》のようにいい加減であるが、さっきから自分は、なんだか身体ががくがくして、腹の底から冷たいものがこみ上げてくるような心持ちがしてしょうがない。自分は、「まあ。こういうときは、焦《あせ》らず落ちついて考えよう。とりあえず、なに？　そう、俺はいらねぇけど、君、お腹空《なかす》いてないの？　なんか食べたら？　なんだったら、チキンの香草焼きかなんか貰《もら》ったら？」と、半ばミオに、半ば自分に言い聞かせるように言い、ちょうど通りがかったウエイトレスに、「ああ、君、君、なに？　チキンの香草焼きなんてあるの？　ない？　ない？　えっ？　ある？　あるの？　ああ、そう、あるんだって、食べる？　いらない、ああ、そう、いらないって。じゃあ、じゃあ、ちょっと待って、コーヒーね。コーヒーをもう一杯ね。後、君は？　いや、チキンじゃなくて飲み物のお代わり。えっ？　もういいの？　あっ、そう？　なんだったら貰ったら？　お代わりタダだし。いらないの？　ほんとに、あっ、そう？　じゃあ、コーヒーひとつ」とコーヒーを注文したのである。

あそこよりこっち、こっちよりあっち、あっちよりはそっち、と人々が、あっちこっちになって右往左往しているのは、とにかく損をしたくない、という下劣な根性で、より安い、もしくは、より旨《うま》い弁当を探してのことで、狂奔する人々の間をすりぬけるようにして、都落ちのミオと自分は、やっとこさ東海道新幹線下りホームにたどり着いたのだけれども、ここにいたってもまだ、弁当連中がうようよしていて、なかなか目的の車輛《しゃりょう》に到達できず、指定券に記載の席に着席すると同時に列車は動き始めた。

とにかく一度逃げなきゃなんねぇ、ってんで、デニーズでコーヒーを何杯もお代わりして、逃走先を考えたが、いくら考えても、手帳に電話番号を書いていない逃走先は自分の実家しかない。しかし、気が進まぬというのは、芝居で借りた金もそのままになってしまっているし、帰ったとなると、なぜ帰ったのかを説明しなければならず、そうするとアシッドの一件、小松の一件など、自分の恥をすべて告白しなければならぬのであって、それはちょっと格好が悪い。しかし、いくら考えても、実家以外に逃走先が思い浮かばず、このままミオの部屋に蟠《わだかま》っていれば、小松、小松の親、メンバー、やくざの人達が一斉に蜂起《ほうき》して自分はみな殺しになるのであって、しょうがねぇ、ってんで、自分はミオに、「じゃあ、しょうがないから、俺、大阪に行くけど、君、どうする？　一緒に行くか？」と訊くと、ミオは、ごく気楽に、「行ってみようかな」と言い、さらに、「まだ分かんないんだけど、あたしもガキできちゃったみたいでさあ」と、驚くべきことをあっさりと言って、また自分は噎せたのであるが、いまは細かいことを言ってらんねぇ、ってんで、それから部屋に戻り、気に入った服、CD、カセットテープ等を段ボール箱に放り込んで実家宛《あて》に送り、とりあえずの身の回りのものを持って東京を逐電したのである。

大阪まで三時間、その間にある程度考えをまとめ、ミオと打ち合わせておかねばならぬ。自分は傍らで、さっき買った週刊誌を読んでいたミオに話しかけた。「君さあ」「なに」とこっちを向いたミオの風俗・風体《ふうてい》は、こうして改めて新幹線の中で見ると、自分だって人のことは言えぬが、どうも派手で、どう見ても堅気には見えない。「妊娠したんだよね」「まだ分かんないんだけどね」「じゃあ、俺と結婚するのかな」「別にしてもいいよ」「そうか」「どっちでもいいけど」「まあ、俺もどっちでもいいんだけどね、大阪行ったらさあ、俺の実家に行くことになると思うんだよ、とりあえず」「ああそうなんだ」「そうなんだよ。それでさ、行ったら俺の母親がいるんだけどね」「うん」「とりあえず、母親のとこに世話になって、そいで俺がうまいこと言って金、引っ張って、それからこれからのことを考えるからさ、君も、そこんとこうまくやってほしいんだけど」「うまくって、なに？」「ええっと、だから、言ってなかったと思うけどうちの商売がちょっと変わってんだよ」「変わってる、ってなんの商売なの？」「遊郭なんだよ」「遊郭ってなに？」「なに、っていうか、つまり女郎屋だよ」「ジョロヤ？」「だからなんていったらいいのかな、つまり女の人が男の人を接待する」「ああ、そうなんだ」「で、それがまず一点、で次に、俺の母親、ってのがそうして女郎屋やってるもんだから、若い女と見るとなにかと仕切りたがるっていうか、君に対してもなにかとうるさいことを言うかも知れないんだけど、そこんとこをうまく調子を合わせて欲しいっていうか」「ああ、平気、平気。あたしそういうの大丈夫な人だから」「まあ、向こうが大丈夫かどうかが問題なんだけどね」って、分かっているのか分かっていないのか、分からないミオにとりあえず因果を含めた自分は、「じゃあ、そういうことでひとつよろしく頼むよ。はい、もう週刊誌に戻っていいよ」と言い、ミオが何事もなかったように、再び書物の世界に没入するのを見届けてから、今度は、事ここに至った発端と経過をどうやって母親に説明するかのプロットを考えよう、それについて頭脳を刺激するためにコーヒーを飲みてぇが、ワゴンサービスは来ねぇものか、と、前方の様子を窺《うかが》っていると、ドアーが開くと同時に、なにを言っているのか分からぬのだけれども、野太いのではない、少し気取って鼻にかかっているにもかかわらず、声としてはよく通る塩から声といった、昔の芸人の如《ごと》くにラウドな声がして、なんだ、なんだ、と注目していると、開いたドアーの先頭に立っていたのは、六十歳くらいの鼻の大きい爺《じじ》ぃで、背後に五歳くらいの子供、その母親とおぼしき三十歳くらいの女、爺ぃの配偶者とおぼしき婆《ばば》ぁを引き連れて、ひっきりなしに大声を発しつつこっちに向かって歩いてきたかと思うと、自分とミオの席であるところの7A7Bの席を通過した時点で、爺ぃの「ああ、ここやった」という大声と同時に、まず、ある騒動が勃発《ぼっぱつ》した。といって、彼らが一斉に自己の立場を主張して、議論が紛糾したのではない。爺ぃ以外のメンバーは概《おおむ》ね陰気で、ぼそぼそ小声で喋《しゃべ》っているのである。じゃあなぜ、自分が、自分とミオの席のひとつおいて後ろの席で揉《も》めている一家の、母親は、出来ることなら祖父母にコー君という自分の子供の面倒をみて貰えれば、こんな楽なことはないと考え、自分はなるべくコー君と離れて座りたいと、内心たくらみ、コー君を溺愛《できあい》している祖父母は、それぞれを出し抜いて、この一家が予約した、9A9B10C10Dの席のうち、コー君と二人きりになって思う存分、コー君と遊べる、9A9Bに座りたいという企てを持っていて、当のコー君は窓際《まどぎわ》に座りたい、という野心を持っている、という相互の利害関係が複雑に交錯しているという、その揉めを手に取るように感知し得たかと言うと、それは、この、爺ぃの、考えたこと、見たこと、そのすべてを特色ある声で実況中継しなければ気が済まぬという、きわめてファンシーな特徴的人格を有する爺ぃが、「ああ、ほんならコー君、そこ座るん？　お外がめーるかーねー、ほいだら、おまえ、そっちいたらどやーのー、あが、あが、できんがー、あが、おじーちゃーもそこさーろーか。あがっ、ちゅうとーがー、きさー、そーでー、きみこ、そっちーーさーれー、なー、コー君」などと、喋り続けているからであり、祖父の情愛、まことに結構なことであるが、その傍若無人な声は、なんだかけだものめいて、自分の神経を無闇《むやみ》に苛立《いらだ》たせ、自分の思考はともすれば中断され、さらに、爺ぃは、そうして、自分の思い通りにコー君と二人きりの9A9Bに座れたのだから、後は黙っていればいいものを、10C10Dの妻と娘が網棚に置いた荷物の置き方が気に入らなかったらしく、「あが、あが、なーんで、こけが、あが、こう！　こうおがなあが、なーんで、あが、こうせんとあが」と、9Bから指示し、妻と娘が従わぬのに業《ごう》を煮やし、あがっ、と言いながら自ら立って、納得のいくように荷物を並べなおしたのである。首を後方に捻《ひね》って、爺ぃが荷物を並べ直すのを確認した自分は、正面に向きなおり、よし、これで大丈夫だ。すべて爺ぃの思い通りになった。これで自分は自分の考えをまとめることに専心できる。と、シートをリクライニングさせ、腹の上で腕を組んで、ええっと、どこまで考えたんだっけ、まず母親にこれまでの経緯を説明して、正直には言えないから、嘘《うそ》を言うのだが……、と、考え始めた途端、「ジャンボプリン！」という絶叫が聴こえて自分の思考は、また中断された。また、なにか騒動が持ち上がったのか、と、シートを戻して後方の様子を窺うと、爺ぃは、歌うような調子で、「コー君、ジャンボプリンだよ、コー君、ジャンボプリン」と言いながら、せっかく納得行くように並べた鞄《かばん》を棚から下ろし、鞄からプリンを取り出すと、妻と娘には与えず、コー君とこれを分け合って食らい始めたのだけれども、これも黙っては食わない、「ああああああ。ジャンボプリンだよ。コー君、おいしいねぇ、でっかいねぇ、うーん、うーん、ジャンボプリン、あっああああああ」と相変わらず、叫び続けながらプリンを食らい、食い終わって、ジャンボプリンの容器を床に投げ捨てるやいなや、「コー君、アイスクリーム食べるん?」と言うと、斜め後方の妻と娘に、「アイスクリーム、売りにこんのか? なんで売りにこんのや、アイスクリーム」と、不機嫌な調子で、妻と娘を責め、「あが、アイスクリーム売りにこんとあがっ、なーんでえーアイスクリーム」と言い続けるうち、その繰り返し発音される、当初、ワゴンサービスが来ないことへの不満の表明であった筈《はず》の、アイスクリームという文言は、次第に、プロ野球の応援の如きリズムを帯び、爺ぃは、そのこと自体が楽しくなったのか、不機嫌な低い声は、鼻にかかった歌声となって、「アイスクリーム、アイスクリーム、アイスクリーム、アイスクリーム」と、爺ぃは、上半身を揺すぶり、孫の方にかがみ込むと笑顔で、「ほら、コー君も、アイスクリーム、アイスクリーム」と、孫の参加を促したのである。

やがて、このデモンストレーションに辟易《へきえき》した爺ぃの娘が車内の売店まで赴き、アイスクリームを購入して戻ってきたことによってアイスクリーム音頭《おんど》はやみ、爺ぃはコー君と二人で、ジャンボプリンのときと同様に、大騒ぎをしつつこれを食らい、さすがに腹が一杯になったのか、それ以上、騒がなくなり、ここにいたって漸《ようや》く自分は、母親対策会議に戻ることが出来たのである。

しかし、あの爺ぃが、衆目の中で、あのような狂態を示す、その根本の原因は、考えてみれば、孫への狂的な愛、執着ゆえである。人間というものはどういう訳か、子より孫が可愛《かわい》い、などと言って、孫に対しては盲目的になる。じゃあ、うちのあの婆ぁはなんだ。だいたい自分がこんな事になってしまったのは、あの婆ぁが、アニキを殺害する、貯金箱に碁石を詰める等の陰険辛辣《しんらつ》なる謀略をめぐらしたからであって、婆ぁがそんなことさえしなければ、自分は今頃、立派な堅気の勤め人になっていたかも知れぬし、もしかしたら、バンドで成功していたかも知れぬのである。なぜ、ああいう嫌がらせをするのか、むかつくなあ、もう。うちの婆ぁには人間らしい心がないのであろうか。って、それはいまは措《お》く。そうじゃなくて母親である。つまり、だから、この騒動をよそに、ミオは眠ってしまっているが、ミオが妊娠しているというのだ。つまり、母親にとっては孫、これを前面にプッシュして、金を引っ張る。そのためにはだ、ええっ、まず……、

と、ここまで進んだ自分の考えは、「鉄橋だあ！」という爺ぃの絶叫によって、再び、中断された。列車は、大きな川を通過中であった。爺ぃは、異常に興奮して、「コー君、鉄橋だ、鉄橋」とコー君に、いま、列車が通過している橋が鉄橋であることを教え、さらに、満面の笑みをたたえ孫の方へかがみ込み、童謡「汽車」の、「いーまはやーまな

か、いーまは浜、いーまは鉄橋わたあるぞと、おーもーまーもなく、トンネルのやーみをとおってひろ野原」という部分と「汽車ポッポ」の「汽車汽車しゅっぽしゅっぽしゅっぽしゅっぽしゅっぽっぽっ、コー君を乗せてしゅっぽしゅっぽしゅぽっぽっ」という部分を、得意の美声で、交互に、繰り返し、何度も何度も歌うのである。何度も。何度も。

　東海道に川は多いが、爺ぃは列車が川にさしかかる度、歌を歌い、自分の思考はそれ以上先に進まず、結局、なんら有効な手段を思いつかぬまま、自分とミオは新大阪駅に降り立ったのである。

9

「芝居やったりね、いわゆる、芝居の革命、っていうか芸術運動ね、テーマ的には、エロス、エロスだよね、あと、まあ串《くし》カツ、っていうか、食の問題ね、新宿でやったですよ。すっげぇ評判で、まあ新聞とか載ったけどね、演劇界に期待の新星現る、って感じで。あと、バンドだな、音楽。これも評判になって、各社争奪戦になったけどね、まあ、会社の連中ってのは、しょせん商業主義で、ポップな曲書け、とか、うるせぇんだよね、いわゆる、売れ線っていうか、さ。で、楽屋なんかも、代理店の連中とか、後、芸能界、っていうかさ、女優とか、そういう連中がうろつきだして、俄然《がぜん》、俺は嫌になってね、俺、芸術だから。で、野生生物の研究者に俺はなったんだよ。フィールドワークやってね、そしたら、俺のフィールドで開発事業が始まって、自然環境はもう滅茶苦茶《めちゃくちゃ》だよ。それでやむなく、研究は一時中断して。惜しかったんだけどね、もうちょっとでまとまるところだったんだけど。まあ、そんなことやってたんですよ。後、これは個人的な趣味なんだけど、料理の研究はずっとやってたけどね。まあ、そんな感じで、で、とりあえず、あんたのことも心配だったし、まあ、芸術や学問も大事だけど、親子の情愛、っていうかね、そういうことも大事だし。あっ、まあ、それを脚本にしてもいいしね、みんな俺の復帰を待ってるしね、演劇界は。あ、いいな。いいな。親子の情愛。書こうかな。まあ、それはいずれ落ちついたら、ってことで、まあ、そういうことで、とりあえず帰ってきたんだけどね、まあ、じゃあ帰ろうか、って感じで、で、こいつがさあ、ガキできた、っていうし。あっ、こいつミオってんだけどね」

と、東京で自分がなにをしてきたか、ということを可能な限り虚偽を交えずに弁術する自分の顔をじっと見ていた母親は、「そっくりやな」とぽつりと言った。「えっ？」「お父さんにそっくりやわ」「なにが？」「そうやって、ええ加減なこと、ぺらぺらぺら喋ってるとこ、あんたのお父さんとそっくりやわ」「なにいってんの、俺は親爺《おやじ》みたいに、嘘をいってんじゃなくてぇ、東京でなにやってたかを、誠実かつ真摯《しんし》に」「まあ、親子やから無理ないけどな。そいで、あんた、これからどないすんの？」「どないすんの、って、なに？」「なにて、気楽な子やな。あんた、これからどうやって生活していくつもりやの」「どうやって、って、別に働いて」「働いて、て、なんか当てあんのんかいな」「特にはないんだけどね」「ほら、これや。お父さんも、そんなことばっかりゆうてたわ」「いや、俺は違う、って」「ほたら、どないする気やの」「いや別に、店手伝ってもいいし」「あかん、あかん、店の金持ちだして、女の子と駆け落ちでもすんのが落ちやわ」「駆け落ち、ってそんな今時」「あんたらかて、これ駆け落ちとちゃうのんかいな、あんた、ちょっと、これ、あんた」と母親は、ミオに声をかけた。声をかけられたミオは、母親と自分の言い争いをまるで聞いちゃいないらしく、さっきから、リビングの金魚の泳ぐ水槽を眺めたり、大欠伸《おおあくび》をしたりして、まるで他人事《ひとごと》のようである。自分は、隣のミオを肘《ひじ》で突いた。ミオは、自分の方を見て、「なに？」と言い、それから母親の方を見て、「あたし？」と自分の顔を指さした。「あんた、名前は」「ミオ」「歳《とし》、いくつやの」「十九」「子供ができてるて、ほんまやの？」「まだ分かんないんですけど、多分」「難儀やな。こんな男と一緒なっても碌《ろく》なことあらへんで」「平気、平気、あたし、わりといい加減な人だから」と、屈託のないミオの返答を聞いた母親は、自分とミオの顔を交互に見比べ、溜息《ためいき》をつくと言った。「ほんなら、あんたら二人で店したらどないやの？」「店？　なに、それ？」「ほら、小網町のうどん屋やんか」と、母親が言うのを聞いて自分は思いだした。確か自分が中学のとき、父親が突然、俺は自分で店をやると言いだし、どこから金を工面したのか、って、いまから考えれば、小田原の婆《ばば》ぁに貰《もら》ったんだろうけれども、お好み焼き屋だったのを買い取って普段ののらくら者に似合わぬ熱心さで自らこれを改装し、家をおん出て店の二階に寝泊まりして頑張ったのにもかかわらず、半年ほどして、父親の店はあえなく潰《つぶ》れてしまったのである。「ああ、思い出した、思い出した。あれ、どうなったんだっけ」「あれから人に貸したりもしたんやけどな、どういう訳か、何屋やっても潰れるんやんか。それでしまいに誰も借りんようになって、あのままほったあるんやけど、あんた、この子とあっこで、うどん屋でもしたらどないやの」って、母親が言うのを聞いて自分は考えた。まあ、商売をやるのはいい。どうせしかし、この若さでうどん屋の大将になってしまうのではあまりにも夢がない。どうせ商売をするなら、自分としては、いま少し、こう、なんというか文化の香りのする、CDショップであるとか、ブティックであるとか、そういう風にしたいと思う。そこで自分は、母親に、「じゃあ、そうさせて下さい。それと、まあ、何屋をするかって事なんだけど、やっぱり自分としては、うどん屋とかそういうのじゃなくて、まあ、俺も東京で芸術をやったわけだから、もうちょっと文化的な……」と言いかけた途端、母親が遮って言った。「あかん、あかん、ここらへんでそんな商売、通用せえへんで、文化とか言うんやったら、私はお金、よう出さんわ。そんなことすんねやったら、あんた自分でバイトでもなんでもして……」「分かった、分かった」と今度は自分が母親の言葉を遮った。まあ、この際、うどん屋でもなんでもいい。やるだけやってみて、儲《もう》かったら母親に金を返して、別の商売を始めてもいいし、東京に捲土重来《けんどちょうらい》、巻き返しを図ってもいいわけで、とにかく、やるだけやってみよう、って、自分はうどん屋をやることにして、その日は、ミオを連れて自分が育った町を散策し、焼き肉料理を食ったり、ビールを飲んだり、レンズ付きフィルムってのを買って、公園の猿山の前や港や運河に架かる橋の上などにミオを立たせ写真を撮ったりした。

で、驚いたのは、とりあえず、ってんで年の暮れにオープンした、うどん・串カツ・鉄板焼のミオちゃん、という自分の店が、一応、急行の停車駅、ってんで、駅周辺には、パチンコ、サウナ、麻雀《マージヤン》、焼き肉、うどん、寿司《すし》、ホルモン、たこ焼き、鯛焼《たいや》き、烏賊《いか》焼き、回転焼き、と、大店《おおだな》、小店《こだな》とりまぜて一通りの店が揃《そろ》っているのにもかかわらず、駅からやや外れに位置し、港に近いことがむしろ幸いしたのか、それとも、うどん・串カツ・鉄板焼、という組み合わせの妙があたったのか、港湾労働者の親爺が、「兄ちゃん、この鶏《とり》、なかなか洒落《しゃれ》たあんな」等と言いながら、チキンの香草焼きをパクつき、ビールを飲み、うどんを食い、開店以来の売り上げは、一日平均八万五千円に及ぶという大繁盛をしたということである。訳が分からない。そうなると自分も欲が出て、忙しいのでパートのおばはんを雇いいれ、正月は二日から店を開け、そのうちホルモン焼きを導入したらもっと儲かるかも知れぬ、などと新メニューへの野望も抱きつつ、日々、うどんを茹《ゆ》で串カツを揚げ、換気扇の不具合を修理したり、店内に小洒落たポスターを貼《は》って雰囲気を盛り上げるなど、生涯かつてこんなに働いたことがあっただろうか、というくらいに働いたのである。以前は、朝風呂《あさぶろ》丹前、昼間から赤い顔をして縁側で爪《つめ》を切っていた男が、女の家でヘッドホンを装着して料理番組を見たりゲームをやったりしていた男が、いま、こんなにも、働いているのだあ、と自分は、己の姿に己で感動し、ふるふるしていた。

しかし、時折、一抹《いちまつ》の不安が胸をよぎるというのは、あの苦しかった餃子《ぎょうざ》の体験である。あれ以来、自分は、チャイニーズ料理に行ってもけっして餃子は食わぬが、実際の話、餃子は五日目以降、はたと売れなくなったのであり、ミオちゃんだって、この好調がいつまで続くか知れたものではないのである。客というのは常に気まぐれなものなのであって、いつ何時《なんどき》、「はっ、なにがミオちゃんだ、馬鹿馬鹿《ばかばか》しい。それよかいまは、新しく駅の方に出来た、ヨッちゃん、って焼鳥屋がトレンドだぜ。ミオちゃんなんて、もうだせーよ。ヨッちゃんへ行こう、ヨッちゃんへ」「そうしよう」なんてなことにならぬ保証はどこにもないのである。

この夏には子供も産まれる。自分は、一日の仕事を終え、売上金を数えてにやにやしつつも、日々の業務に追われ、ホルモンの勉強もままならぬ現状に苛立《いらだ》ち、夜毎《よごと》、新企画を打ち出さねばならぬ、という焦《あせ》りを抱いてもいたのである。

10

七万二千八百二十円。また八万いかねぇ。って、自分は、閉店後の店で何度も何度も売上金を数えながらハイサワーを飲んでいるのだけれども、焦りと屈託が合併して、ちっとも旨《うま》くない。このところ売り上げが落ちているのである。それでも一応、月に八十万円くらいの粗利益は上がっていることは上がっている。しかし、痛いのは、ホルモン投入を機に、ミオと自分は、国道の向こっ側のマンションを借りて、二階を客席に改造し、おばはんをもう一人雇いいれたのにもかかわらず、それに見合う売り上げが上がらぬというか、逆に下がってしまっていることであって、考えるのも恐ろしいが、これはまさしく、客がミオちゃんに飽き始めたという徴候かも知れぬのであって、早いうちに手を打っておかないと、例えば、明日、店を開け、それから一人の客も来ない、売り上げゼロ、という事態に発展する可能性だってないとは言い切れぬのである。

明確な数字を突きつけられ、以前にもまして自分は焦り、とにかくなにか新機軸・新商品を開発せねば、と必死になって新商品のアイデアを考えているのだけれども、こういうときに限ってなにも思い浮かばない、というか、だいたいにおいて、アイデアなどというものは、焦っているときに思い浮かぶものでもないし、一応、自分もやってはみたけれども、よし、自分はこれからアイデアを考えよう、と、人を遠ざけ、黙然と端座したからといって、思い浮かぶものではなくして、何気なく、こう、ぱっ、と閃《ひらめ》くものなのである。そこで自分はこのところ、閉店後の、暖簾《のれん》を入れて火を落とし、パートのおばはんも帰った薄暗い店内で、まず、売上金を計算して、それから可能な限り何気ない体《てい》を装って、前掛けを外して椅子《いす》に腰掛け、瓶ビールを飲み、ふと、アイデアが浮かぶのを待つようにしているのだけれども、いっこうにアイデアは浮かばず、気がつくと、こうして何度も売上金を数え、数えるとやはり売り上げは落ちているわけだから、自分は、せっかくの演出を忘れて、全然何気なくではなくなって、真剣に焦ってしまい、苛々するものだから、つい瓶ビールを何本も飲み、それからハイサワーを飲んで、終《しま》いには、ああ、こんな事をしていては駄目だ、と思いつつも、ハイサワーではなくして生のままの焼酎《しょうちゅう》をがぶ飲み、泥酔《でいすい》して店の二階で毛布をひっかぶって寝てしまい、明け方、寒さで目が覚めて家に帰る、という不毛なことを繰り返しているのであり、そのせいか、このところなんだか身体《からだ》がだるくて熱っぽく、日々の業務も精彩を欠く、といった体たらくなのである。

早く何とかしなければ、と思えば思うほど、新企画から遠ざかる。駄目だ。こんな事をやっていては駄目になってしまう。とにかくちゃんと家に帰ろう、と自分は、売上金を新聞紙にくるみ、上着のポケットにねじ込んで店を出て、国道の方へ歩いて行った。もはや十時だというのに、トラックが地響きを立てて通り過ぎる。ミオと自分が借りているマンションは国道を渡り、左に二〇〇メートルほど行って、右に入ったところにある。ってことは、いま自分は左折すれば、いいのだけれども、そうしないで右に行くというのは、ふざけたことにこの国道、横断歩道がきわめて少なく、左折した場合、家のあたりを遥《はる》かに過ぎて次の交差点まで行かぬ事には、向こう側に渡れぬのである。まったくもって、不便だよ、向こう側とこっち側で約四〇〇メートルがとこ損、と、いつものように自分は、国道に出て右に曲がり、それから横断歩道のところまできて、信号が変わるのを待った。そのとき自分は、電柱に、「ＳＭ演劇　萩原宏美主演　盛岡Ｍ女エプロン奴隷《どれい》　ビール・水割り飲み放題￥５０００（女性半額）　ＳＭパブ変態専科」という、旗のような看板がくくりつけてあるのを見て、ふと、ほんとうにこれこそ、ふとであるが、ＳＭうどん、という事を思いついたのである。

ＳＭうどん。つまり、ミオちゃんの客は圧倒的に男の客が多いわけだから、その被虐《ひぎゃく》願望につけこむ、すなわち、ハイヒールを履き、ぴったりした黒い牛革のスーツを着たパートのおばはんが、暖簾をくぐるやいなや、服を脱いで猿股《さるまた》姿でカウンターに座った客に、注文などいちいち訊《き》かぬ、厳しい口調で、「ほらほらほら、きつねだよ。葱《ねぎ》が入ってんだよ。油揚げが柔らかく煮てあるよ」と言い、おずおずと割り箸《ばし》に手を伸ばす客を、「誰が食っていいつったんだよ」と叱《しか》りつつ鞭《むち》で殴り、「ひいいいいいっ」と哭《な》く客に、今度は一転、甘く優しい声で、「おまえ、きつねが食べたいのかい?」と訊き、「はい。食べさせて下さい」と懇願する客に、「じゃあ、お食べ」と気怠《けだる》く投げ遣《や》りな口調で言う。客は、「あああああ、ありがとうございます。あああああ」と詠嘆し、再び割箸に手を伸ばす。ここで、鞭が飛ぶ。ぴしっ。きゃあああああ、と哭く客の背に、「誰が、箸を使っていいつったんだよ」という怒声とともに、情け容赦ない鞭は嵐《あらし》のように飛び、「ひいいいいいっ、ひいいいいいっ」と、哭く客は後ろ手に縛られる。後ろ手たって、普通の後ろ手ではない。右手を肩の上から、左手を腰から、それぞれくの字に曲げて、背中の中央あたりで手首を縛るわけだから、残虐《ざんぎゃく》きわまりない、もがけばもがくほど苦しい。「さあ、お食べ」といわれた客は、「あああ、あああ」と悶《もだ》えながら、犬のように食らう。味など分かったものではない。おまけに、食っている間中、カウンターの上に立った女王様が、「どうだい? おいしいかい?」と、尋ねつつ、ハイヒールの踵《かかと》でぼんのくぼをぐりぐり踏みつけるものだから、熱いうどんで顔面に火傷《やけど》を負い、表皮がずるずるなのだけれども、それでも随喜の涙を流し、「ほいひーへす、ほいひーへす」と言い続けるのだ。それで、うどん一杯五千円。串カツはひと串千円。まあ、はっきり言って、いまのパートのおばはんではそう客を呼べぬだろうから、って、しかし中には、逞《たくま》しい中年女性に翻弄《ほんろう》されたいという風変わりな趣味の持ち主もいないとは限らぬので、一人を残して、あと、ミオで女王様はふたり、新規にもう一人、若い娘を雇うとして、時間給はどれくらい払えばいいのであろうか。って、考えるうち、信号は青に変わっていた。しかし、いずれにしても、ＳＭの現場というものを自分は知らない。ちょっと行ってみるか、と、自分は、ＳＭうどんを立ちあげるにあたっての研究の一環として、「変態専科」に行ってみることにして、看板の下の方に書かれた略図を頭にたたき込み、国道をそのまま真《ま》っ直《す》ぐ北、すなわち、駅の方に向かって歩いてった。

フェニックス通りを右に行き、駅前に出て、確かここらへんの小径《こみち》を、と、右っ側の小径を入ったのだけれども、目指す変態専科は、いっこうに見つからず、後方の駅前大通りであるところのフェニックス通りを通行する、渋滞する道路で少しだけ走ってはすぐ停まるタクシーのヘッドライト、明滅する信号、パチンコ屋のネオンサイン、緊急自動車の回転灯、高架になった駅ホームの蛍光灯、遠くのビルの広告塔やなんかに照らされる、大衆酒房豊年、ミスター寿里、民芸小座敷エキサイト、見放題販売試写、蛇の目寿司、ラブスポット子猫、本格朝鮮料理、人妻専門、カツ重４８０、といった小さな看板の渦の中で、変態専科を探しあぐねた自分にもまた明滅するライトが斑《まだら》に文様されているのであろう、ＯＬや街娼《がいしょう》が自分を訝《いぶか》しげに見ながらそそくさと通り過ぎていったのである。

11

ふわふわするような、がさがさするような感触を背中に感じて目が覚めた。頭脳が熱い。ずきずきする。立ち上がろうとして、足をとられ、あわわわ、って、自分は前のめりになって地面に倒れ込んだ。世間は明け方である。痛ぇ、って立ち上がり、背後を見ると、生ゴミの詰まったビニール袋が山積みになっていた。ところどころビニール袋から割り箸が突き出て、地面に黒い食品の腐敗汁が流出し、汚泥《おでい》や吐瀉物《としゃぶつ》がビニール袋の表面を覆《おお》っている。自分はこのゴミの上で眠っていたのだな、と気がつき、それから、「いやん、いやん」と言いながら、陰茎をとり出して、ゴミの山に向かって放尿した。小便がアルコール臭い。足元がふらついてまたぞおろゴミ山に倒れ込みそうになる。いやん、いやん、いやん、いやん。自分は小便を終え、熱い頭で考えた。確かにいま自分は二日酔いである。しかし、こうして、いやん、いやん、などとたわけた独り言を言うということは、まだ完全な二日酔いにはいたっておらず、いわば、まだ酔っぱらっている状態である。つまり、もう暫《しばら》くすると、酔いが消え、二日酔いの症状のみが残ることになる。そしてその症状は、こんな有り様なのだから、おそらく耐え難いものであろう。だから自分は、この酔いがまだ残っているうちに帰宅したほうがいい。ね。帰ろう。と考えたのである。それにつけてもいったいここは何処《どこ》や？　と、そこかしこにゴミや反吐《へど》が散乱し、どぶねずみが横行する薄青い町を見渡すと、いやん、いやん、駅のすぐ近所やんか、って、自分は、中央分離帯にフェニックスの植えてある大通りを、いやん、いやん、と呟《つぶや》きながら国道の方に向かって歩き出した。ところが、国道にたどり着いて、横断歩道を渡り左に曲がった頃、だんだんいけなくなってきた。いやん、いやんは徐々に途切れ、しゅっしゅっ、しゅっしゅっ、という、息だか声だか分かんねぇ呟きにとって代わり、血が通う度に頭の中で、どーん、どーんと太鼓が鳴るのである。自分は、ショウウインドウに丈の短い真っ赤なネグリジェーを着せたマネキンが陳列してある淫具《いんぐ》屋《や》の前まで来た時点で、もうそれ以上前へ進めなくなって、なぜか、そこだけ半分シャッターの降りていない薄く照明されたショウウインドウの前に座り込んでしまった。右手に自動販売機があるのが見えた。とりあえず、お茶かなんか買って、と、自分は、へたりこんだまま身をよじって上着のポケットをまさぐり、それからジーンズの尻《しり》ポケットもまさぐって、茫然《ぼうぜん》として、しばし陰茎をまさぐり、気がついて慌《あわ》ててジーンズの前ポケットをまさぐった。小銭も新聞紙にくるんだ売上金もねぇのである。いやん、いやん。って、もう一度、上着のポケットをまさぐると、くしゃくしゃの紙片があった。広げてみると、それは、簡易な領収書で、「上様　★￥８５０００・　但《ただし》飲食代金としてクラブ東尋坊」と書いてある。自分は、左手で領収書を持ち右手で陰茎をまさぐって、淫具屋のショウウインドウの前で動けないでいた。

淫具屋から部屋には戻らず店に行き、真っ直ぐに立つと吐きそうになるので、終日、腰の曲がったおばあさんのように下を向いて一日働き、やっと店を閉めたのだけれども、まだ酒が抜けねぇ。ちょっと休んでから帰ろう、って二階の座敷で横になって自分は激怒していた。だいたい、殴って無理に酒を飲ませ、大金を巻き上げ、挙げ句の果てに失神した客をごみ捨て場に捨てるなどという暴力バーを上役人はなぜ放置しておくのだ。それは確かに、ああいうバーにのこのこ行く客も馬鹿かも知らん。しかし、ああいうキュートな女の子が暴力バーの手先であるなんて、いったい誰が思うだろうか。汚ねぇ野郎どもだ。ああいう店を放置しておくという事は世の中に毒を撒《ま》いておくようなもので、一刻も早く除去してかからんければ相成らん。ほんとうに、どうも。って、しかし、考えてみれば、この町そのものが荒《すさ》みきっているからこそ、ああいう極悪な店がはびこるのであり、本当はこの町そのものを変革しなければどうしようもないことなのかも知れない。海に向かって東西に流れる運河にはヘドロが堆積《たいせき》し悪臭を放っている。真っ黒な運河の水は完全に停滞して、流れとしてのやる気がまるで感じられない。駅周辺には、けだもの染《じ》みた本能を刺激する毒々しい看板が立ち並び、年がら年中、アルコールと精液と反吐と小便の匂《にお》いが立ちこめている。ヒステリックな警笛音、「抜き放題八百円」などという商業放送、罵声《ばせい》、怒声、嬌声《きょうせい》などの街頭ノイズが耳を聾《ろう》せんばかりに響いている。国道には、大型トラックやダンプが昼夜問わずひっきりなしに通行し、街路樹は排気ガスで真っ黒である。国道の向こうには大きな公園があるが、それも予算が少ないのか荒れた印象で人影は少なく、深夜になると、不良少年少女が屯《たむろ》して、シンナーやボンドを吸引したり、桃色遊戯に耽《ふけ》ったりしているため、一般市民は恐ろしくて立ち入ることが出来ない。公園中央にはコンクリートの猿山が拵《こしら》えてあって、猿がたくさん飼ってあるが、猿ですら気が荒れて喧嘩《けんか》ばかりしているのである。この町には文化がない。芸術がないのである。映画館はポルノ専門館がたった一館あるばかりだ。満足な本屋もない。服や靴だって、国道沿いのスーパーマーケットか大型安売り店で買うしかなく、後はもう、やくざ専門の洋品店か労務者専門の作業服屋しかないのである。だから逆に言うと、そういう文化・芸術の香気がないからこそ、ああいう寄生虫のごとき店ばかりがはびこるわけであって、つまりだから、母親の脅迫によって自分は「ミオちゃん」を始めたが、やはり、そうではなくして、自分が最初、考えたとおり、やはり、文化・芸術の気配を感じられる店を自分はやるべきであったのだ。それをやらなかったからこんなことになる。商売というものは、このところつくづく思うが、人と同じことをやっていたのでは駄目で、ミオちゃんが当初、繁盛したのも、うどん・串《くし》カツ・鉄板焼、という組み合わせを他店がやっていなかったから繁盛したのである。しかし、他店がそれを真似《まね》するようになったいま現在、はっきりいってじり貧。だから、自分は、いま大きく前進して、文化・芸術という、いまこの町でたれもやっていない事業に取り組むべきなのである。しかし、それが独善におちいってはならない。というのは「ステーキの革命」である。ちょうどミオちゃんがオープンした頃、運河の裏の立ち食いうどんの店を改良してスタートしたその店は、ステーキをうどん・そばのごとくに立ち食いすることによって諸経費を廃し、六百円から八百円という革命的な価格によって提供する、という意欲的なコンセプトの店で、正月などは、人が並ぶほどに繁盛していたのにもかかわらず、二月には倒産して、いまはゴミの不法投棄所となり果てているのである。なぜか。それは細かい理由はいろいろあるだろう、例えば、自分も研究のため一度ミオを連れて食いに行ったことがあるが、カウンターが低すぎて、肉を食う際、身体《からだ》がくの字様に屈曲し腹部が苦しかった事を記憶しているが、そういう細かいことよりもなによりも、基本的に人は、ステーキは座って食いたいと思っているのであって、立ち食いうどんでは面白味に欠ける、ここはひとつ誰もやったことのない立ち食いステーキを、などと強引に新企画を推し進め、どうです？　独創的なアイデアでしょう？　などと意気がったところで、それは独善。独りよがりな思いこみに過ぎぬのである。だから、昨夜、自分が夢想した、ＳＭうどんなどというものも独善であって、そういうことではなく、真に人々が欲していて、なおかつ誰もやっていないものを考えねばならぬのである。つまりだから、例えばナイトクラブというのはどうだろうか。最新流行の先端的な音楽があり、ファッションがあり、ダンスがある。そして、ここがみそなのだが、うどんがあり串カツがあるのである。文化というものは常に若者の間から発生する。いまこの町にナイトクラブをオープンすれば、公園の施設や歩道橋に、「某を殺す」「某参上」などという意味不明の文言をスプレーして回り、不毛な争闘に明け暮れる凶悪な目つきの行き場をなくした少年少女たちが、大挙して押し寄せ、暴力とセックスしか知らぬ彼らが、音楽やダンスを覚えることによって、荒みきったこの町に新たなる文化創造の火が灯《とも》るに違いないのである。

自分は、自分の素晴らしい思いつきに夢中になり、時間の経《た》つのを忘れ、紙に新店舗の内装プランを書き記すうち、世間は明るくなっていた。時計を見ると、パートのおばはんが出勤してくる時間である。立ち上がると、睡眠不足のせいか、呼吸が乱れ、足元がふらついた。でも大丈夫。完璧《かんぺき》な新企画がここになったのである。

資金はすべて自分で賄《まかな》う、ということで、執拗《しつよう》に反対する母親を強引に説得し、約二百万円をかけて改装工事が終了した。預金残高はゼロである。しかし、完成した店の前に立ち、自分は、絶対にあたる。と思った。凝った照明、最新の音響機器を備え、サイケデリックなペイントを施した店内もさることながら、工芸店に命じて特別に作らせた、発泡スチロール製、高さ五メートルの巨大な尻が店の正面に設置してあるのである。ただ奇抜な宣伝効果を狙《ねら》っただけではなく、丸い肛門《こうもん》の部分が出入口になっていて、客は、巨大な女の尻に入っていくという仮想現実的な肛門性交を体感してもいいし、しょせん自分は直腸に蠢《うごめ》く糞《くそ》だ、と感じて貰《もら》ってもいいという寸法である。店の名前は、アナルインパクトにした。

店の雰囲気に合わぬので、悪いがパートのおばはんには辞めて貰い、代わりに岩田を呼んだ。もう居ねぇかもしれねぇ、と思ったが、一応、ってんで、声を変えて電話をかけると、ややあって岩田が出た。「俺、俺、清十郎だよ」と言うと、「懐《なつ》かしいなあ、一年ぶりじゃないですか」と、岩田は喜び、「婆《ばば》ぁどうしてる？」と訊《き》くと、「なんだか清十郎さんが居なくなってから寂しそうですよ。俺も寂しいけど」と言う。アナルインパクトの話をすると、「いいなあ、俺、もうめげてますよ」と言うので、「来ねぇか」と誘うと、「行きます、行きます」と、盛り上がった。「いま、ミオと一緒で来月、子供が産まれるんだよ」と言うと、岩田は声を潜めて言った。「二箇月くらい前、小松がでかい腹してきましたよ」自分は一瞬、ぞっとした。「えっ」「清十郎さん、きてねぇか、って、現れたとき、ぎょっとしましたよ」「なんで」「何か変なんですよ。小松、って服とか好きだったでしょ？　それが、なんか変な格好してんですよ。赤いくたくたの寝間着みたいなの着て、そいで下駄履いてんですよ。髪もなんか自分で切ったみたいな虎刈《とらが》りで、でも金髪に染めてんですよ。目つきも変だし、気が狂ってんのかと思いましたよ」「おめぇ、それで？」「俺は喋《しゃべ》ってないですよ。女将《おかみ》さんが」「で、なんて言ってた？」「話の内容は聴こえなかったけど、なんか揉《も》めてる感じでしたね」「わきゃあ」「あれ、清十郎さんの子なんですか？」「まあ、そうなんだけどね」「やばいっすよ、清十郎さん。なんか相当きてる感じでしたよ」「そうか」と自分は嘆息し暫く黙っていると、岩田が、「で、いつ行けばいいんですか？」と言うので、自分は気を取り直して、「できるだけ、早ぇほうがいいんだけど」と言うと、「じゃあ、できるだけ早く行きますよ」と言うので、連絡先を教え、「もしまた小松が来ても絶対言うな、婆ぁにも言うな」と口止めして、電話を切った。翌週になって、岩田はやってきて、当面は家に泊まってもらうことにした。

オープンを明日に控えた夜、ミオが女児を出産した。名前を付けなきゃなんねぇってんで、店の名前にちなんで、腸子ということにしようと思ったのだけれども、母親が、「そんな肉屋の店先みたいな名前」と言って反対するので、蝶々《ちようちよう》と名付けた。

深夜、病院を出た岩田と自分は、二人で拵《こしら》えたナイトクラブ「アナルインパクト」という店のロゴと尻の絵を描いたチラシを、駅周辺、運河のあたり、フェニックス通りの電柱に巻き付けてある極悪な店の看板の上に貼《は》って回った。駅の裏でやくざの人に叱《しか》られそうになったので走って逃げ、今度は国道沿いを貼って回った。

12

午前一時。蝶々はいい加減な布きれにくるまり、オープン三箇月でトータルの客数が十八、売り上げが一七四三〇円というアナルインパクトのカウンターの上で眠っていた。ぬふわわわわ、と、壁際《かべぎわ》のベンチに座っていた岩田が拳《こぶし》を固めて伸びをした瞬間、蝶々の顔面がびくびくびくっと動いたので、自分は優しく、「大丈夫だよ、大丈夫だよ」まで言い、蝶々ちゃん、と言おうとして言えなかった。ちっとも大丈夫ではないのである。はっきりいって自分ほどの阿呆《あほう》はこの世に二人とない。たかだか、一万円かそこら売り上げが落ちたのをくよくよ気に病んで、繁盛していたうどん屋を、むざむざ、こんな馬鹿《か》げたナイトクラブに改装して、馬鹿だよ、馬鹿。なにが文化だ。なにが直腸に蠢《うごめ》く糞《ば》だ。紛れもねぇ糞は、くそ野郎は、てめぇなんだよ、失敬な。と、自分は、全然大丈夫ではないのに大丈夫だよ、などとなんの根拠もない事を言ってしまった自分を恥じ、素直に娘の名を呼ぶことが出来ず、咄嗟《とっさ》に、自分の娘に対して、他人の、それもおばはんを呼ぶがごとくに、「蝶々はん」と言ってしまったのである。この瞬間、自分は決意した。恥の多い人生でした。嘘《うそ》の多い人生でした。自分は瞬間、瞬間を真面目《まじめ》に生きず、目の前の問題から目を逸《そ》らし楽な方へ楽な方へと逃げてきたのである。うどん屋を止《や》めてナイトクラブを始めたのも、口では文化だの芸術だの若者を救済するだの、空虚で観念的なことを言ってはいたが、本当の本当の本音を言えば、うどんを茹《ゆ》で串カツを揚げるという地道な毎日が面白くなかっただけであって、だから、こんなふざけた店を作って誰にも相手にされない。その結果がこれだ。自分の娘を、咄嗟にどっかのおばはんを呼ぶがごとき調子で、蝶々はん、などと呼んで衝撃を受けている。真正の、正真正銘の、つぶよりの、蔵出しの、伝承造りの阿呆である。だから自分はもう働く。明日、たってもう大分今日だけれども、五時に起きる。起きたら、港に行く。行ったら、筋骨隆々でも顔は紛れもない抜け作、という男達がおとなしく行列を作っているから、自分もその列に並ぶ。そして一日中、荷物を運んだり片づけをしたりして働くのだ。そして駅前のファッション焼き肉で親子三人、いや、この際だから母親も小田原の婆ぁも呼んで、四世代で焼き肉を食うのだ。それがひとの道だ。そのときになって初めて、自分は娘を、自信に満ちて、蝶々、と呼び、莞爾《かんじ》と笑うことが出来るのだ。自分は、カウンターの中に入り、串カツを揚げてむしゃむしゃ食っているミオに声をかけた。「ねえ」「なに?」と顔を上げたミオの口の周りが油だらけである。「あのな」「なに」「いいにくいんだけどな」「なに串カツ? まだあるよ、揚げようか?」「いや、そうじゃなくて、この店もそろそろ潮時かな、と思ってさ」と、自分としては、思い切って言ったにもかかわらず、ミオはいたって気楽で、「いいんじゃない別に」と言い、「岩田ぁ、清十郎さん、店、閉めようか、って言ってるんだけど、あんた、こないだなんか言ってたよねぇ」と、さっきからブースでDJの真似をしていた岩田に声をかけた。岩田はカウンターにやってきて言った。「そっすねー、客がこねぇんじゃしょうがないっすよねー。清十郎さん、俺、こないだから、思ってたんですけど、ライブハウスにしたらどうですか。そしたら、チケットノルマでバンドから金、取れるし、その方が日銭になりますよ。ライブハウスだったらこのままの内装でもできるし」「そう、そう、そう、そう、でさ、最初の客寄せ、っていうか、店の宣伝はさぁ、清十郎さんが歌えばいいじゃん、あの頃、清十郎さん、雑誌なんかいっぱい出てたし宣伝ちゃんとやれば、絶対、客くるよ」と、二人に言われ、一瞬、自分は、ってことはじゃあメンバーは、とふと頭の中で考え、慌《あわ》ててその考えを打ち消した。これでライブハウスなんか始めちゃった日にゃあ、またぞおろ同じことの繰り返しであって、自分はますます娘の名前を呼ぶことが出来なくなって、今度は、蝶々はんどころか、お蝶さん、蝶々夫人、C女史、なんて、ますます他人行儀になっていくに違いない。だからライブハウスをやるのはいい。それは岩田とミオに任そう。あくまでも自分は、楽をして儲《もう》けるのではなくして、ちゃんと、普通に、世間のみんながやっているように働く。自分は二人に、「まあ、じゃあ、ライブハウスの事は任せるから、とにかくアナルは今日で閉店、ってことで」と言い、二人の手前、虚勢を張って無理に、「ねー、蝶々ちゃん」と言ったが、うまく言えねぇ。

翌朝。ソファーで目が覚め時計を見ると五時であった。世間はまだ暗い。頭ががんがんする。あれから、じゃあ閉店パーティーってことで、と、店の酒を飲み、ライブハウスのプランで盛り上がる岩田とミオを尻目《しりめ》に鬱屈《うつくつ》した思いで酒を飲んだせいか、つい飲み過ぎてしまい、重度の二日酔いである。以前の自分であれば、じゃあまあ、今日は二日酔いだから仕事は明日から行く、ってことでひとつご理解いただいて、などと嘯《うそぶ》いて、そのまま再び眠ってしまったことであろう。しかし、いまは違う。おらぁいぐ。となんだか分からねぇが、東北弁で呟《つぶや》いて立ち上がり、床に倒れ伏している岩田を踏んづけねぇように注意しながら、台所に行き蛇口に口を付けて水を飲み、玄関で、ちょっと借りるよーと小さく断って岩田のスニーカーを突っかけ、仕事中、転んだりすることのないように、しっかり靴紐《くつひも》を結び、ドアーを開けて勇躍、表へ出て、ドアノブに挟まっている新聞を玄関に放り込もうとして、初めて異変に気がついた。チラシが挟まって分厚い朝刊とそれからどういう訳か夕刊も挟まっているのである。なんだ、なんだ、って世間を眺めると、真っ赤な夕陽が西の空に傾いて、世間は全面的に夕景。目が覚めたのは午前五時ではなくして午後五時であったのである。自分は、無邪気な子供を装って、「すっかり寝坊しちゃった」と可愛《かわい》く言ってみた。するとなんだか、寝坊が許されたような気がしたので、仕事は明日から行くことにして、そのまま新聞を持って部屋に戻ってソファーにひっくり返り、床に転がっていた煙草《たばこ》の袋を手に取ったのだが、空である。しょうがねぇなぁ、どうも、って、煙草の袋を握りつぶし、よく寝ている岩田とミオが起きたとき煙草と茶がねぇと情けねぇだろう、それも買っといてやるか、と、今度は疣付《いぼ》き健康サンダルを履いて再び表へ出た。落書きや煙草の焼け焦《こ》げだらけのエレベーターで下まで降りて、そういや最近、郵便受けも開けてねぇや、って、管理人室の前の集合ポストのために仕切られた一角に行き、ダイヤルを左に二回、右に一回捻《ひね》って開けてみると、中に、不動産屋、居酒屋、金融屋、宅配のピザ屋、宅配の寿司屋《すしや》、宅配の弁当屋、宅配の裏ビデオ屋、宅配の女の人屋のチラシに混じって、自分宛《あて》の分厚い白い封書が一通入っていた。かつて自分を見知った人間でこの住所を知るものは無い。したがって、この住所に私信が来ることとは無い筈《はず》であって、おっかしいなあ、と、裏を見ると差出人の住所も名前も書いてない。なんじゃこりゃあ、って自分は立ったまま、ばりばり開封してみた。中味は、見知らぬ乳飲み子の写真であった。訳が分からない。気色が悪い。とりあえず自分は、各種チラシと一緒に、集合ポストの下に置いてある不要なチラシを捨てるための段ボール箱に封書を放り込み、エントランスホールを出た。国道を左に曲がって、一番近い自動販売機すなわち淫具屋《いんぐや》の前の自動販売機で煙草を買い、ころころすとと落ちてきた煙草を屈《かが》んで取り出し、これをポケットにしまって、ふと視線を感じた。見ると、淫具屋のショウウインドウの中に赤いネグリジェーを着た女が立っていて、じっとこっちを見ていた。寒気がして二の腕に鳥肌が立った。女は笑いつつ怒り狂っていた。女の顔には、街道で交通事故死した女、港でクレーンの下敷きになって圧死した女、病によって就労不能となりアパートを追い出され子供とともに路傍に飢え窮死した女、男に捨てられビルの屋上から墜死した女、何者かに凌辱《りょうじょく》され軽便剃刀《かみそり》で喉《のど》を斬《き》られ両眼にボールペンを突き立てられて公園の草むらで血の涙を流して失血死した女など、淫具屋を中心として、半径五キロメートル以内で非業《ひごう》の死を遂げた女の、死の刹《せつ》那《な》に感じた、苦しみ、怨《うら》み、呪《のろ》いが凝縮した奇怪かつ邪悪な、もはや人間の表情とはいえぬ複雑怪奇な表情が浮かんでいたのである。自分は恐怖のあまりその場に尻餅《しりもち》をつき、四つん這《ば》いになって逃げた。後ろから女が襲いかかってくるような心持ちがして振り返ると、女の顔はコーヒーにミルクを溶かしたようなぐるぐるした肉の渦巻きになっていて、真っ赤な口が、かっと開いていた。自分は慌てて立ち上がり、もう二度と振り返らないで走って逃げ帰った。

マンションのエントランスホールのところまで逃げて、自分はその場にしゃがみ込んでしまった。思い出すとまだ寒い。駄目だ、駄目だ、自分はあんな女知らねぇんだよ、ほんと。関係ねぇのである。下手にかかわり合いになるととり殺されちまう、って、自分は、無理に別のことを考えようとして、そういや、さっきの写真はあらなんだ、と、段ボール箱にそのままになっていた写真を拾って眺めた。やっぱりわからねぇ。日付入りのスナップ写真で、生まれたての乳飲み子が布きれにくるまっているばかりである。

裏を見ると、ボールペン書きの鋭角的な文字で、「命名 清子」と書いてある。清子。知らない。わかんない。って、赤子の顔をよく見ると、なぜか蝶々にうりふたつである。突然、頭脳が痺《しび》れたようになって自分はその場から動けなくなってしまった。まさか、まさか、まさか。これはもしかして、って、指折り数えるまでもない、蝶々は自分にそっくりで、その蝶々にこの赤子はそっくりなのであり、つまり、この赤子は自分にそっくりなのであって、要するに、この赤子は自分が遺棄した小松が生んだ赤子、すなわち自分の娘に違いないのである。まったくもって小松というのはどこまで執念深い女であろうか。おそらく秘密探偵かなんかを雇って自分の居所を調べたのであろうが、人がせっかく真人間に立ち返ろうとしている矢先にこんな嫌味なことをする。そっとしておいてくれないか、僕たち親子を。って、自分は写真を捨てようとしたが、考えてみれば悪いのはあくまで小松であってこの赤子に罪はない、自分は写真を一枚だけ選んでポケットにしまい、残りの写真を段ボール箱にそっと入れ、弁当屋やピザ屋のチラシで隠蔽《いんぺい》してから部屋に戻った。岩田とミオはまだ眠っている。自分は次から次へとひっきりなしに煙草を吸いながら音を消したテレビジョンの画面を眺めた。

で、翌日から自分は倉庫で働いたのであるが、働いている最中はいいんだけれども、家に帰ってからがやれん。娘、蝶々である。仕事を終え、ぼろ切れの様になって帰ってくると、つい自分は蝶々の寝顔などを見てしまうのである。そして見たが最後、自分はいとおしいと思ってしまい、思わず知らず口元に笑みが浮かび、蝶々ちゃん、蝶々ちゃん、いい子ね、などと呟いてしまうのである。これがいかん。また、てめぇは遊郭をやっている癖に、アナルインパクトオープン当初は、恥さらしだ、などと自分達一家を批判していた母親も、蝶々が人間らしくなってくるにつれ、だんだん可愛いと思うようになったのか、昼間、なにかと理由を拵えては、家に来るようになり、ミオはミオで、そうして母親が来るものだから、じゃあお義母《かあ》さん、ちょっとお願いね、なんてなことを言って、大阪へ遊びに行くなどしてフラストレーションを発散し、自分だってそうだ。以前であれば、こんな苦しい勤めなど断じてやるわけがなかったのが、蝶々はんの一件以来、心を入れ替えて働いているのであり、夜分、一家団欒《だんらん》、親子三世代で飯を食って笑いさんざめくなんてなことさえあるのである。蝶々は可愛い。可愛いから、つい可愛がる。そして、可愛がる度に自分は、はっ、と我に返り、いま一人の自分の娘、清子のことを思い出してしまうのである。蝶々は、祖母、両親の愛情を一身に受け健《すこ》やかに成長している。それにひき比べて清子は、なんたら不憫《ふびん》な娘であろうか。父に捨てられ、終日、陽の射《さ》さぬ、薄暗いじめじめしたおんぼろアパートで、赤いネグリジェーを着た虎刈《とらが》り金髪の半気違いの母親に育てられているのだ。同じく自分の娘と生まれながら、こんな不公平があってあっていいものだろうか。しかも、その不公平の根本の原因はすべて自分にあるのだ。だから自分は、不公平を解消する意味で、蝶々に、いい子ね、と言った後には、トイレに行って、あれ以来、ずっと隠し持っている清子の写真に、いい子ね、と語りかけるなどするのだが、それでは足らぬような気がして、ミオや母親の目を盗んで、蝶々の二の腕を抓《つね》ったり、死にやがれ馬鹿娘、いたずら者、などと罵倒《ばとう》したりする。そうすっと、当然のごとく蝶々は、火のついたように泣き出して、自分はもうどうしていいのか分からなくなり、夜もあまり眠れないので、昼間、身体《からだ》がきつくてたまらない。しょうがないので、以前からときおり利用していた、湊《みなと》ホテルという労務者専用のホテルのロビーで半ば公然と販売されている覚醒剤《かくせいざい》を購入し、これを使用する回数もじねんと増えていったのである。

13

膝《ひざ》のうえにライフル銃を置き迷彩戦闘服を着て日本酒を飲み懐石料理を食っている。というのは、自分はこのところ、心身の疲労が極に達し、ちょっと港に行くのが難しくなってきたので、休暇を取り、たって、こっちは日雇いなのだから課長の判がどうのこうの、って面倒くさい問題は一切ない、ただ行かなきゃいいだけだ、毎日、家で安静にしていたのだが、ただ安静にしているのも退屈なので、駅前に出かけていって、いろんな雑誌を手当たり次第に購入したところ、なかに、「ミリタリーマガジン」という、こういうのなんと言うのだろうか、軍服やライフルやナイフや戦争ごっこのやり方などの記事が掲載されている雑誌が混じっていて、記事や広告を眺めているうちに、どういうわけか妙に興奮してきて、軍服や鉄砲が欲しくてたまらない、しょうがないので通信販売でいろいろ注文して、ほどなくして届いた迷彩戦闘服、SWATブラックジャケットなどを着て自分は日常生活を送っているのであり、また、家に大人がおらぬときには、密《ひそ》かに格闘や匍匐《ほふく》前進の稽古《けいこ》をし、そのうち、すっかりなりきって、ここは戦場だ、と思い込み、どかーん、ばーん、わあー、ぎゃあ、痛い、痛い、足がもげた、などと効果音・SEの類《たぐい》を口で言いつつ、架空の戦場にいる気分になることによって、子供のこと、仕事のこと、などの諸問題をすっかり忘却して軍事の世界に遊んでいたのである。さらに幸いなことに、岩田とミオが始めた、ライブハウスが、ミオちゃん最盛期には及ばぬものの、売り上げを順調に伸ばし、自分が休暇を取り安静にし、そしてコンバット遊びをしていても、みんなで食ってけるので、それをいいことに、ますます自分はこの趣味にはまりこんでいるのであるが、そうこうするうちに、夕食の際、テレビで温泉紀行番組を見ていたミオが突然、「今度、みんなで社員旅行に行こうか」と言い出し、岩田が、「いっすねー、じゃあ、思い出の温泉に行きましょうよ」なんてな無茶を吐《ぬ》かすので、なるべく家で遊んでいたい自分は、「それはいろいろ気まずいだろう、婆《ば》ぁに対して」と止めたのだけれども、岩田は、「そんなことないっすよ。金を払って客として行くわけだから、女将《おかみ》さんも絶対嬉《うれ》しいはずっすよ」と理屈にならぬことを言い、ミオもそれに同調し、「じゃあ、来週の頭から行こう」「異議なし」てなことになってしまい、みんなで婆ぁの温泉に行くってことになってしまったのであるが、出発前々日になって、急に貸し切りパーティーの予約が入り、ミオと岩田は後で来ることになって、自分は、替えの猿股《さるまた》、ビデオカメラ、装具・装備を鞄《かばん》に詰めて一足先に大阪を発《た》ったのである。

「若旦《わかだん》さん、温泉で遊ぶて偉い出世やな。なんやったら芸妓《げいこ》呼びまひょか？」とにやにや出迎えた婆ぁに案内されたプラムの間は一階の庭に面した広い間で、座敷は全部で四つあった。とりあえず茶を飲んでいると、有無をいわさず晩飯が運ばれてきて、お酒はどういたしましょう？　と、趣味の悪いピンクの着物を着た仲居が切口上でいうので、ちっとも腹は減っていないがしょうがねぇ、じゃあ、冷やでいいから五、六本まとめて持ってきといてくれる、と返答し、ひとりで飯を食い、酒をがぶがぶ飲んだが面白くもなんともない。ちょっとやってみるか、って自分は、玄関ロビーに行ってコンバットブーツを探した。コンバットブーツは下駄箱に入りきらなかったらしく、玄関に揃《そろ》えて置いてあったのですぐに見つかった。床までのアルミサッシュの窓を開け放ち、桟に腰掛けてコンバットブーツを履き、庭に降りた自分は、土をほじくって顔に塗ろうとしたが、うまく塗れないので、座敷からお銚子《ちょうし》を持ってきて酒をこぼし、泥を作ってそれを顔に塗りたくって芝生に腹這《はらば》いになった。あたりは森閑と静まり返っている。つまり、自分は斥候兵《せっこうへい》、いま独力で敵陣地を偵察しているのだ。もしなんだったら弾薬倉庫かなんかを爆破して大勲功をあげてやろうか。ひっひっひっひっ。と、水銀灯にぼんやり照らされた庭を凝視したところ、向こうの木賊《とくさ》の茂みの陰に、ぴかぴかっと、光るものがあった。精兵たる自分が見逃すわけはない。あら、なんど？　と、自分は、肩にライフルを担《かつ》ぎ左手を地面につき身体を半捻《はんび》りにして茂みに向かってじりじり前進した。

自分は危うく声を上げるところだった。アニキそっくりの猫が茂みの陰からこっちをじっと見ていたのである。小声で、アニキ、アニキ、と呼ぶと、猫はよちよち自分のところまで歩いてきて、にゃあにゃあ、言ってライフルに首や頭を擦り付けてくる。自分は自分が兵であることを忘れ、すっかり普通のおっさんになって、かしこいな、かしこいな、と言いながら猫と遊び、それから思いついて、座敷に戻り、殆《ほとん》ど手を付けていない刺身の皿を持ってきてそっと置いてやると、猫は、はぐはぐいって刺身を食っている。近くでよく見ると顔の茶模様がアニキとは微妙に違うが、間違いなくこれは、アニキの直系の子孫であり、一族の最後の生き残りであろう。自分はすっかり嬉しくなって、彼にアミラージという暫定《ざんてい》的な名前を付け、アミ、アミ、と呼ばい、アミラージが飯を食う様を見守った。それからまた思いついて、座敷に戻り、ビデオカメラを持ってきてアミラージが飯を食う様を撮影した。最初のうちは中腰で撮影していたのだけれども、どうも表情がうまく撮れぬので、自分はまた腹這いになって回した。実に可愛い。愛らしい。しかし、ただ撮っているだけでは、アミラージが、チーヤ一族のただひとりの生き残りであるということが、観客に伝わらぬ、と思った自分は、OFFでナレーションを入れた。「えー、これはアミラージという猫であります。アミラージはアニキの子。アニキにはミューミューという兄があったわけですが、アニキとミューミューは原チーヤの子でございまして、原チーヤには、別に、チーヤ、スサノオ、小チーヤ、牛という兄弟があって、それは別の母から生まれたのであります。えー、それは奇《く》しくも蝶々《ちようちよう》と清子のような案配なのであります。しかし、まあ、僕も原チーヤには負けます。原チーヤには六人の子があったわけで、その点、僕はふたりだから。あっ、アミ、いいんだよ。いいま、君のことをちょっと説明しているだけだから、いいよ、食べなさい。うん、うん、そう、そう。食べていいんだよ。えーと、なんだっけ、まあ、とにかく、アニキには兄弟が五人居たんだな。しかしあれだよ、その子の世代になってみたら、みんな死んで、右に申し上げた原チーヤの血統を伝えるのはいまや、アミラージただひとりで、殺したのは婆ぁです。婆ぁというのはこの温泉の持ち主、俺の祖母、蝶々と清子の曾祖母《そうそぼ》に当たるわけです。あっ、アミ、アミ、もういいのかい？　もっと食えよ。ほんとにもういいの？　後でもっと呉《く》れったって駄目だよ。もっと食ったら？　いまのうちに。いいの。ほんとに。いっちゃうの。じゃあな。元気でな。死ぬなよ。婆ぁの家の方に行くなよ。行っちゃった。えー、アミラージは行ってしまいました」なんて。アミラージが闇《やみ》に去っていく姿をカメラで追って、ついに追いきれなくなった自分は、左手を伸ばして自分にカメラを向けてみた。右手で液晶パネルを跳ね上げ、手前側に捻るとヘルメットを被《かぶ》り、顔に泥を塗った男が映っている。唇に草が付いている。アミラージの素性はさっきの自分ナレーションである程度知れたが、しかし、貴様はなんだ。貴様はよ。もし、てめぇが戦場で死んだ場合、残された遺児は貴様がどういう人間かちっとも知らないで成長するんだぜ。つまり、自分というものがどこの馬の骨かちっとも分からないままに生きていかなきゃならんってことだ。そら、アミラージはいま説明したからいいよ。あいつも飯を食いながら耳をびくびくさせていたから、自分がチーヤ王朝の末裔《まつえい》であることをちゃんと理解して去っていった。しかし、なあ、はっきりいうぜ、おい、貴様の二人の娘、特に清子のほうはなあ、てめぇがどこの誰だか全然知らないんだよ。なあ、おい、はっきりしろよ、馬鹿野郎《ばかやろう》、って、自分は、液晶画面に映った坂本清十郎に話しかけていた。蓋《けだ》し、その通りである。ものはついでともいう。自分は、二人の娘に対して対話スタイルで話しかけることによって、後日、娘が成人した際、もし、自分の父親がどういう人間であったのかを知りたくなった場合、知ることができる、アイデンティティーというものを確認したければできる、いわばビデオレターを、この際、撮影しとこうと考え、そのままの姿勢でビデオカメラに向かって語りかけたのである。ところが、うまくいかない。口を衝《つ》いて出る言葉といえば、「えー、わたしは、うどん屋をやっていたが、そのとき使っていた包丁は、モリブデンという特殊鋼材を使った結構いい包丁を使っていて、これは刃のところに穴が開いていた。便利だった」なんて、どうでもいいようなことしかでてこない。何度も、馬鹿馬鹿しい、もう止《や》めよう、と思いながらも、なんだか意地のようになってしまって、次できめよう、次できめよう、と、いつまで経《た》っても止められない。自分は喋《しゃべ》り続けた。「まあ、えー、わたくしは、父、高景と、母、重子の間に生まれました。生まれたのは大阪です。父は泉州で生まれたそうで、なんでも先祖は子爵《ししゃく》で貴族院議員だったそうです。わたくしは……、わたくし、ってのも変だな、なんか選挙運動みてぇ、父、か？　ちょっと恥ずかしいな、けど父、お父さん？これも結構、恥ずかしいな、まあ、父よりいいか、お父さん、お父さん、お父さんでいくか。ちょっと、これ後で編集な。えー、お父さんが高三のとき父が死んで……、えっ？　お祖父《じい》さんか？　そうだよな。えー、お父さんが高三のときお祖父さんが死んで、そのときお父さんは、手伝いの娘を、えー、恥ずかしい話ですが、姦《や》った。姦ったっていうと、なんか、無理矢理って感じだけど、まあ、そうでもなかった、っていうか、そのとき、お父さんは、もうそろそろ秋だなあ、なんて思ってました。朝夕めっきり肌寒い季節の到来だなあ、さんまの水揚げも間近だなあ、というか。で、東京へ行って、お父さんは串《くし》カツを作って売った……、いきなり串カツじゃ分かんねぇか。これ編集すること。えー、続きです。お父さんは東京の映画学校に行って、えー、なんだっけ、そう久米夫《くめお》、久米夫ってやつと友達だったので、一緒に。えー、君たちも友達をたくさん作ったらいいと思う。それで、卒業して、久米夫と仲間で演劇をやりました。お父さんは演出家だった。てっ、嘘《うそ》、嘘。編集。お父さんの芝居はいい加減な芝居でした。串カツは芝居が儲《もう》からないから、しょうがなく売ったのです。つまり、俺は、じゃねぇ、わたくしは、お父さんは、結局どういう人間だったかというと、まあ、人類史上に残るような人間ではないのです。あたりまえだよ、馬鹿野郎。編集。ちゃんとしろよ。えー、すいません。うーん、お父さんは、お父さんは、嘘吐《うそつ》き、じゃなくて、お父さんは結構、いろいろ真剣に考えたんだけど、うーん、うーん。えーと、どうしよう、つまり、はっきり言ってお父さんは、君たちに自慢できるようなことはなにひとつやってこなかった。いただ、お父さんが言いたいのはただひとつのことだ。これだけははっきり言っとく。いいか。お父さんは君たちを愛してる、これだけは本当だ。本当の話だ。お父さんは君たちを愛してるんだよ。たはっ、なにが愛してるだ。愛してたら働くよねー、馬鹿馬鹿しい。蝶々ちゃん。清子ちゃん。二人とも仲良くするんだよ。お父さんはカルカッタで死ぬる」と、ここまで喋って自分はビデオカメラを芝生に投げた。左手がすっかり痺《しび》れてしまったのである。少しく休むか。疲れたよ。自分は。って、芝生の上のライフルを拾おうとして、心臓がぎゅんとなった。いつの間に来たのか、ミオが、沓脱《くつぬ》ぎの自然石に足を置き窓のところに腰掛けていたのである。「あっ」と、思わず声を上げた自分にミオは言った。「なにやってんの？」「いや、ちょっと」「ちょっとなによ」「いやあ、あの、ビデオ撮ってたんだけどね」「ふーん」と、ミオは言って自分の目をじっと見た。自分は慌《あわ》てて誤魔化した。「いや、ちょっとさ、シナリオのアイデアを思いついてさ、で、記録してたんだけど、ほら、俺ってそういうことよくやるじゃん。うそー、やるよ。やるんだよー。それより、今日、貸し切りパーティーの予約じゃなかったの？」「うん、そうなんだけどさー。早く終わったから、後、岩田に任せて」「じゃあ、君、いつからそこにいるの？」「んー、ちょっと前から」うるるるる。酔っぱらって赤い顔がますます赤くなるのが自分で分かる。もしかしたら、いまの一部始終をみな聞かれていたかも知れぬのである。「じゃあ、君、もしかして……」と言いかけると、ミオは、「あたし、ちょっとお風呂《ふろ》入ってくる」と言って次の間に消えたのである。しまったことになってしまった。えーと、えーと、俺は、どうすりゃいいんだ。とりあえず、えーと、安全地帯まで退避しよう、って、自分は、ライフルを担ぎ、身体を半捻りにしてじりじり前進し、茂みに到達するや、機敏な動作で立ち上がり、腰をかがめて、たたた、と走って木戸をくぐって表の道路へでたのである。

道路に出て間断なく周囲の状況に気を配っていると、道の向こう側で、刺身を食って胸が焼けるのか、しきりに草を食っているアミラージが見えた。うんうんうん、食べなさい、食べなさい、と、一瞬、頰を緩ませていると、左手に自動車のヘッドライトが見え、危ねぇな、アミラージが急にこっちに渡ってこなきゃいいが、と思っていたら、アミラージは草を食うのを中断して、耳を立てて周囲の状況に気を配っている。来んなよ、来んなよ、と心の中で念じていたのにもかかわらず、アミラージはだしぬけに駆け出して、道路を横断し始めた。車はぐんぐん迫ってくる。危ない、と思った瞬間、自分は行動を開始していた。素早く道路中央まで走り、左手でアミラージを拾うと反対側に放り投げ、自らもまた、道路の反対側に走ったのである。そこまではよかった。しかし、自分はひとつ大失敗をしでかしてしまった。道路の反対側に到達した時点で、思わず、本能的に引き金を引いてしまったのである。自分のライフルはZITTA／LR300といって、実に強力なウエポンである。興奮してがんがん打ち込んだ銃弾はフロントガラスに命中し、結果、フロントガラスはぐしゃぐしゃに割れてしまったのである。一〇〇メートルほど走って急停車した車から、体格のいい男の人達が血相を変えて出てきて、「あいつやっ」と叫ぶと、ピストルを手にこっちに走ってくる。自分は慌てて、ライフルを乱射しながら、ガードレールを飛び越えて逃げ、ちら、と、振り返ると、後続車が何十台もあって、次々急停車し、中から体格のいい男達がバラバラ出てきて、「えらいこっちゃ、組長の車が撃たれた」と叫んでいた。

ガードレールの向こう側は、雑草の生えた坂になっていて、その下に用水堀があった。自分は姿勢を低くして、浅い用水の中をじゃぶじゃぶ進んだ。「どこのやっちゃ」「清和会のヒットマンやろ、戦闘服着とったわ」などという男たちの会話が間近に聴こえた。男たちが走り去ったのを確認してから、さらに前進すると、前方が段になっていて、腹這いになって覗《のぞ》くと、下には鉄の網があって四角い深みになっている。しょうがねぇ、って、左の石垣をよじ登ると、建設残土を積み上げたような高さ五メートルほどの小山になっていて、雑草が風に揺れている。へっ、こら好都合、って、自分は、じりじり小山を登り、頂上の茂みに隠れた。照明された道路を、「どこ、いきさらした」「あほんだら」などと叫びながら、右往左往する男たちの動きが手に取るように分かる。ひひ、こらええわ。狙《ねら》い撃ちや。って、自分は腹這いになってじっとしていた。雑草が風に揺れている。さっき水に濡《ぬ》れたせいか、少しく肌寒い。自分はだんだん情けない気分になってきた。俺はいつまでこんなところでじっとしているのだ。腹這いになっているのだ。馬鹿馬鹿しい。世間ではよく、顔に泥を塗られた、なんて言って怒る人があるが、自分の場合、自分で自分の顔に泥を塗っているのだ。馬鹿馬鹿しい。失敬な。こんなんだったら、もういっそのこと自分は、フランスの傭兵《ようへい》部隊にでも入ったろかしらん。って、あれは、どこで戦争すんだっけな。北アフリカか？　パーメジャノ、っておろしチーズ食って戦争か。はは。などと考えていると、いきなり背後で、ものすごい轟音《ごうおん》がしたので、自分は反射的に振り返り、ダシダシダシダシダシダシダシ、と撃った。失敗だった。敵に位置を悟られてしまったのである。「おったぞ、あすこや」という声がして、男たちはガードレールを飛び越え、こっちに向かって走ってくる。それと反対の方角に軍用機が低空でぶっ飛んでった。これまで逃げてばかりいた。しかし自分はもう逃げん。やくざでもなんでも関係ねぇ、ぶっ殺す。蝶々よ。清子よ。みよ、父のこの勇姿。それにしても敵は多勢である。自分は、平家十万の軍勢を蹴散《けち》らした、旭将軍木曾義仲《きそよしなか》の火牛の計の逸話を連想しながら、「わぎゅう。僕は和牛だ」と絶叫し、セーフティーを押し込んでライフルをフルオートでぶっ放しながら突撃していった。

解説

筒井康隆

これから町田康「夫婦茶碗」の解説を書くわけであるが、解説というものはだいたいにおいて、褒めねばならんものである。したがってわしはこれから町田康「夫婦茶碗」を褒めることになる。褒めるといっても、何の根拠もなしに褒めるわけではない。わしが現在翻訳途上にあるA・ビアス著「悪魔の辞典」（まだ「G」を翻訳中であって、前途遼遠《りょうえん》）の一項目に、こんなのがある。

ADMIRATION【称賛】名　他人が自分に似ていることを馬鹿《ばか》ていねいに評価すること。

これはだいたい的を得ていて、作家が作家を褒める場合は、相手の、自分にない資質だの、自分にはとても手が出ぬ技法などには気がつかず、または気づいていても言及せず、その作家の自分に似た部分ばかりを、それとはわからぬように、手を替え品を替えて称揚する。だから、前記ビアスの文中で訂正すべき部分はといえば「馬鹿ていねいに」の部分であり、ここは「手を替え品を替え」にすべきであろう。つまり手を替え品を替え、遠まわしに自分を褒めるのである。こんなことは今まで解説者の誰も書かなかったことであるが、なぜ書かなかったかというと、恥ずかしくて書けなかったかアホであるかのどちらかだったからである。あるいはわしが、恥ずかしいことも平気で書くアホなのかもしれぬのだが。

以下、解説に移るが、文中、作者や作品への褒めことばは、おおむねわし自身への自己評価であると思っていただいてよい。つまり町田康もその作品も、わしやわしの作品と共通するものが極めて多いということになる。

さて、高度に屈折し転回し続ける知性からは、思考実験というものが生まれる。本書の「夫婦茶碗」は知的な思考実験の最たるものであり、「夫婦茶碗」全体は、自分がどれだけバカになりきれるかを追究するという思考実験であり、ここにおける金や職業についての考察は、自分にどれだけバカなことが考えられるかという思考実験であり、冷蔵庫の中の卵の並べ方はどこまでつまらぬことにこだわれるかという思考実験であり、童話「小熊《こぐま》のゾルバ」はどこまで固定観念に縛られてみせることができるかという思考実験である。いうまでもなく、これは極めて高い知性にしかなし得ない転回であり、高度な精神作業なのだが、同時にそれは知的人間であるが故《ゆえ》に通常は忘れてしまい勝ちな、または恥ずかしいので忘れることに努めようとし勝ちな精神的産物なのだ。本来関西人は、こうした知的生産物を知性の証明として周囲の人間に口で伝え、賞賛を浴びることで満足してしまうのだが、あいにく町田康はわし同様、関西に飽き足らなかった人間であって、どうやらこの思考実験を文学にまで昇華せしめずにはいられなかったらしいのである。思考実験は本来ＳＦのものであって、実際最近はＳＦ方面からも「ＳＦバカ本」だの「あの頃ぼくらはアホでした」だのと、「夫婦茶碗」同様の屈折し転回する知性の産物らしき書物が多く出ていて、こうした産物が明らかにＳＦ的思考から生まれた思考実験によるものであることを証明している。

「夫婦茶碗」では、このような思考実験に適した主人公を設定することによって、語り手の語りが、突然思いがけぬほどの強烈で新鮮なギャグを生んでいる。またここでの語り手は、従来の文学と違って主人公を演じている作者がどこまで主人公になり切れるかを読者に見せる役割も持つから、主人公＝語り手＝作者の結びつきも、文学的に極めて実験的な効果をあげ、新しさを生むことになる。これは町田康の処女作「くっすん大黒」から一貫して見られた技法であり、現にこれが三島由紀夫文学賞の候補となったとき、わしはイチ推しの作品として次のように書いている。

「小説にはいい加減なところがあるから面白く、自然で心地よい」と言ったのはジョン・ベイリーだが、この作品はまさにその「いい加減さ」の良き意味での、現代における代表として画期的だ。いい加減な主人公＝語り手は作者と重なり合うためにここでは「信頼できない語り手」が「信頼できない作者」にまで飛翔《ひしょう》している。色川武大のような「悟り、開き直ったいい加減さ」ではなく「断固としていい加減になろうと決意したいい加減さ」なのである。

だがこの作品は受賞しなかった。前記現代性を他の選考委員が理解しなかったからであり、「きれぎれ」が芥川《あくたがわ》賞を受賞した今、彼らは「あの時わしらはアホでした」と言うべきであろう。小生、なんとかこの作品を称揚したく、たったひとりの選考委員としてこれに「ドゥマゴ文学賞」をさしあげたものだが、これはほぼ同時に野間文芸新人賞も受賞している。

「夫婦茶碗」はこの「くっすん大黒」の技法を徹底させ、下降への意志というテーマも引き継いでいるのだが、本書収録のもうひとつの作品「人間の屑《くず》」になってくると、これに加えて「狂気への指向」という新機軸が出現する。凄《すさ》まじいまでの「いい加減な」放浪が次第に狂気を帯びてきて、最後に近づくにつれて盛りあがりを見せ、ラストの狂気たるやまさに圧巻である。ここでも作者は一人称の主人公＝語り手に同化し、主人公に成り切って見せる。たいした芸であり、役者・町田康の演技力をうかがい知ることができる。バンドででたらめのヴォーカルをやって成功するシークェンスでは、パンクロッカー町田町蔵の面目躍如たるものがあり、読者に、主人公＝語り手＝作者の結びつきの緊密さを暗示する。むろん、すべては作者の戦略であり、現実の町田康と主人公とは似ても似つかぬ人間なのだ。役者としての町田康が演じているドラマをいくつか見たが、彼はまずまず、どんな役でもこなしている。役者としてはあたり前のことである。しかし無論、彼にもやりたい役、得意な役はあるのであり、これも当然のことだが、それは彼自身を演じるていの役ではない。役者は自分とかけはなれた人物像に魅力を感じ、その人物を創造し演じることに力を尽くす。そしてその役者が作家であった場合、小説ではそれが思う存分やれるのだから、これが面白い作品にならぬわけはないのである。

狂気から遠く離れた場所にいて、狂気に憧《あこが》れ、狂気を描き、しかしながら現実の狂気を嫌悪《けんお》する。いい加減さから遠く離れた性格でありながら、いい加減さに憧れ、いい加減さを魅力的に描き、しかし現実のいい加減な人間は断固として許さない。これはわしが今まで、常識があるからこそ、どこからが非常識であるかが判断でき、だからこそ非常識が描けるのだと言い続けてきたことに呼応している。むろんこれらこそは、まさに第一級の文学者の資質なのである。

（二〇〇一年三月、作家・俳優）

この作品は、『新潮』（一九九七年八月号、一九九八年二月号）
において掲載され、一九九八年一月新潮社より刊行された。

夫婦《めおと》茶《ちゃ》碗《わん》

新潮文庫　ま－20－1

平成十三年五月一日発行
令和五年七月十五日十四刷

著者　町《まち》田《だ》康《こう》
発行者　佐藤隆信
発行所　株式会社新潮社

郵便番号　一六二―八七一一
東京都新宿区矢来町七一
電話　編集部(〇三)三二六六―五四四〇
読者係(〇三)三二六六―五一一一
https://www.shinchosha.co.jp

価格はカバーに表示してあります。

乱丁・落丁本は、ご面倒ですが小社読者係宛ご送付ください。送料小社負担にてお取替えいたします。

印刷・大日本印刷株式会社　製本・加藤製本株式会社

ISBN978-4-10-131931-5 C0193